»Der Anfang der Geschichte« ist eine mitreißende Begegnung mit Brennpunkten der jüngeren europäischen Geschichte. Nicht zufällig nimmt der Titel des Buches Bezug auf jenes Buch, das Anfang der 1990er Jahre den Ton der kommenden Jahrzehnte angeben sollte: Francis Fukuyamas »The End of History and the Last Man«. So viel ist klar: Heute wird wieder Geschichte geschrieben! Oder anders gesagt: Heute sind es wieder die Mythen der Völker und Nationen, welche dem Vormarsch universeller Wertevorstellungen einen Riegel vorschieben wollen.

Frank Gruber, geboren 1975, studierte Politikwissenschaft, Zeitgeschichte und Medienkunde an der Leopold-Franzens-Universität Innsbruck. In dieser Zeit wird sein Interesse an den Schriften Nietzsches, Freuds und der griechischen Tragödiendichter geweckt, welche sein Schreiben in der Folge nachhaltig beeinflussen. Der Autor lebt in Kufstein und Innsbruck.

Frank Gruber
Der Anfang der Geschichte

Roman

édition littoral

Bibliografische Information der Deutschen Bibliothek: Die Deutsche Bibliothek verzeichnet diese Publikation in der Deutschen Nationalbibliografie; detaillierte bibliografische Daten sind im Internet unter *http://dnb.ddb.de* abrufbar.

Impressum

© 2018 Frank Gruber

Satz und Layout:
Keysselitz Deutschland GmbH, München
Umschlagabbildung:
Frank Gruber
Herstellung und Verlag:
BoD - Books on Demand, Norderstedt
ISBN 978-3-7481-1365-2

Für Adalbert Stifter

»… und was wir gewesen oder noch sind,
morgen sind wir's nicht mehr.«

Ovid, Metamorphosen

Das Ende

1

»Wie ist es, wenn ich an dieser Stelle drücke?«

Schon bei der ersten Berührung sauste etwas wie Strom durch Robertos Körper.

»Nicht gut«, antwortete er.

»Beschreiben Sie es. Wie fühlt es sich an?«

»Unter ihrem Daumen, ein Schraubenzieher. Weiter unten ist es anders. Brennender. Ein Seziermesser vielleicht.«

»Und hier? Stärker oder schwächer?«

Der Arzt untersuchte Robertos Rücken gründlich, indem er abwechselnd mit Daumen oder Knöchel in das sehnige Fleisch bohrte. Doch war die erste Stelle diejenige, welche ihn in die Praxis von Doktor Falk hatte loseilen lassen.

»Können Sie schon etwas sagen, Herr Doktor?«

Einmal noch drückte er seine Fingerkuppe unsanft in den empfindlichen Herd, um ihn damit erneut auf die Probe zu stellen. Und siehe da, ganz so, wie er es von dem Wenigen, das er über Roberto wusste, erwartet hatte, hockte sein Patient tapfer wie ein angeschossener Indianer vor ihm auf der Untersuchungsbahre. Nicht die Spur eines Zuckens oder Zusammenfahrens oder Aufjaulens. Stattdessen manifestierte sich das wohl beträchtliche Ausmaß des Schmerzes in einer fest geronnenen Pose, so als hätte sich sein Oberkörper immer weiter in ein Schneckenhaus verkrochen, aus dem am Ende nur noch das Kinn sichtbar in die Höhe stach. Dabei im Blick den Ort, von dessen Schönheit er einmal gehört und von dem er sich jetzt vorstellte, was doch in seinem Zustande ganz unmöglich wäre, wie er nämlich den letzten Schritt des schweren Anstiegs auf die Große Schanze setzte. Im Sinne den kurzen Augenblick, bevor er ganz allein bliebe mit dem Wind und dem Ausblick, von dem Worte nichts zu sagen wüssten.

»Haben Sie schon einen Verdacht, Herr Doktor, was es sein könnte?«, wiederholte Roberto seine Frage. Aber entgegen einer

Diagnose suchte der Doktor nur nach weiteren Schmerzstellen, zu seinem Erstaunen auch abseits des lädierten Kreuzes, welche für sein Empfinden nichts zur Sache taten.

Ohne etwas von dem gefunden zu haben, was er suchte, kehrte er für ein drittes Mal zurück an den schmalen Spalt zwischen linker Schulter und Wirbelsäule, suchte sogar einen Teil seiner Hand unter das Schulterblatt hineinzuzwängen, es dadurch gewissermaßen aus seiner Position zu hebeln. Alles in allem mochte Roberto sich jedoch nicht über die Untersuchung beklagen. Seiner Meinung nach war es richtig, nicht überstürzt für diese oder jene Ursache zu plädieren. Ja, auch bei seinen eigenen Studien unterliefen ihm regelmäßig die unverfrorensten Zusammenhänge, als ob es manches Mal zur einzig möglichen Erklärung zu gehören schien, das eine hätte mit dem anderen nur in sonst welcher Dimension etwas miteinander zu tun. Indem er Robertos Unterbauch und Hodensack abtastete, brachte der Doktor nichts anderes als das Ausschlussprinzip zur Anwendung. So redete er es sich jedenfalls ein und ließ es über sich ergehen.

Jede Berührung ließ den seines launigen Elementes überführten Muskel, denn so viel war nun auch ohne ein Wort des Kundigen sicher zu vermelden, seine Energie bis weit hinunter in das Gesäß und von dort in die rechte Kniekehle hinein strahlen. Das konnte Roberto nun eindeutig wahrnehmen und quittierte es immer dann mit geduldigem Kopfnicken, wenn der an ihm herumfummelnde Doktor zum wiederholten Male an der nämlichen Stelle ansetzte.

Schon seit geraumer Zeit hatte er den Verdacht, dass mit seinem Rücken etwas nicht stimmte. So ergab es sich vor ungefähr einem Monat, dass Roberto nach nur ein paar Schritten im Hof Halt machen und so lange auf der nächstbesten Sitzgelegenheit verharren musste, bis die herannahende Kälte des einsetzenden Abends ihn des Weitergehens überzeugen konnte. Doch bevorzugte er seither, es erst gar nicht so weit kommen zu lassen; bei ersten Anzeichen einer Verspannung also auf dem Fuß kehrt zu machen und sich schnurstracks wieder zurück in seine Wohnung, genauer gesagt in sein Bett zu begeben. Nichts deutete jedoch darauf hin, dass die von nun an nicht mehr verklingen wollenden Schmerzen von einer nur fingernagelgroßen Zentrale am Rücken ihren Ausgang nahmen. Roberto lebte allein. Niemand hätte ihm dabei behilflich sein können, etwa durch einen freundschaftlichen Klaps auf die Schulter die Entdeckung zu ermöglichen. Ohnedies nie der Gelenkigste, seit er in den ersten Teenagerjahren in die Höhe geschossen seine Schulkameraden schon um einen Kopf überragte, saß der ganze Ursprung der Malaise ihm unerreichbar eine Handbreit unterhalb des siebten Halswirbels sprichwörtlich im Genick.

Endlich ließ der Arzt von seinem lieb gewonnen Spiel ab. Er begab sich an einen kleinen Tisch in der Ecke des Zimmers, welcher nicht eben danach aussah, auch nur für eine kurze Periode Unterlage all der Krankenberichte, Verordnungen und Rezepturen eines der Medizin verausgabten Lebens gewesen zu sein. Die verschmutzte, stellenweise verölte Oberfläche, welche zwischen den zwei, drei herumliegenden Akten hervorglänzte, bedeutete die Funktion eines Provisoriums, das eiligst aus irgendeiner Werkstatt hierher verfrachtet worden war.

»Es wird besser sein, ich verschreibe Ihnen nichts«, vernahm es Roberto dumpf aus der Richtung des Tisches, da er noch in dem Polo feststeckte – wie so oft hatte er den obersten Knopf zu öffnen vergessen. Derweil trug der Arzt eine Stichwortfassung seines Befundes in ein Büchlein ein, steckte es sodann wieder zurück in die Brusttasche.

»Es wird sich also mit der Zeit schon auswachsen.«

»Da bin ich anderer Meinung«, widersprach ihm der Doktor. »Angenommen Ihr Fall würde sich durch eine mir unerfindliche Maßnahme zum Besseren wenden, schon hockten deren hundert Neue in meiner Praxis. Allein in ihrem Block wären es so viele, dass, bevor es so weit kommt, ich nicht eine Sekunde zögere, das bei Ihnen vorliegende Gebrechen zur Normalität und sie hiermit offiziell für gesund zu erklären.« Sprach es und rieb seine Hände in Vorbereitung auf den nächsten Patienten mit einem Desinfektionsmittel ein.

Roberto unterdes schwankte, war aber keineswegs unzufrieden mit dem Urteil des Arztes. Irgendwo hatte er gelesen, dass der für die Versteifung zuständige Teil des Rückgrats entgegen so ziemlich jedes anderen Körperteils die Entwicklung zum Homo Erectus und seinen späteren Artgenossen nicht mitgemacht hatte und wohl deshalb immer noch einer prähistorischen Konstruktion glich. Am wenigsten geeignet jedenfalls für den aufrechten Gang eines so umtriebigen Lebewesens, zu denen sich Roberto eigentlich zählte. Wenn das stimmte, waren seine Heilungschancen vergleichsweise gering und Rückenscherzen ein evolutionsgeschichtliches Faktum.

»Da kann ich ja von Glück sagen, dass es mir nicht schlechter geht, Herr Doktor.«

»Na, sehen Sie. Ist doch alles zu Ihrem Besten.«

Durch einen schwach beleuchteten Korridor verließ Roberto den Gebäudetrakt, sich in der Tat um einiges gesünder fühlend – ein in der Freude übersehener Absatz im Treppenhaus holte ihn weiß Gott schnell wieder zurück in die Realität.

Als Roberto am nächsten Morgen erwachte, wollte er für nichts in der Welt die rührselige Wärme seines Bettes eintauschen. Das erste Vortasten an die kühlere Peripherie des Bettlakens bestätigte, was sich schon am Vorabend angekündigt hatte. Er kannte den Zustand, die in Säure getränkten Glieder, noch aus der Zeit, da er sich, obgleich abseits alteingesessener oder wer weiß wie zur Mode verholfener Sportarten, zu den absolut Besten seiner Disziplin hatte zählen dürfen. Nur Eingeweihte wussten um die große Leistung und die notwendigen Entbehrungen, welche Roberto für einen zweifelhaften Ruhm auf sich genommen hatte. Was er sich im Nachhinein, dem gebrechlichen Zustand, in dem er sich befand, vielleicht hätte vorwerfen lassen können, war damals das A und O seines Erfolgs gewesen. Und es hatte ihn auch jedes Mal euphorisch gemacht, wenn er sich zum nächsten Training eingefunden hatte, um seinen Körper wieder bis zur Erschöpfung auszubeuten. Dies nur übertroffen durch die eigentlichen Wettkämpfe, von denen sogar ein Wunder an Verbissenheit und Willenskraft, wie es selbst Jahre nach seinem Rücktritt noch von ihm berichtet wurde, stets wie ein zu Tode geschundener Fronarbeiter nach Hause kam und erst ein allerletzter Satz in ein unfassbar heißes Bad ihm langsam wieder auf die Beine verhalf. Bloß dass die momentane Niedergeschlagenheit von vielleicht ein paar hundert Metern rund um den Hof – denn weiter hinaus getraute er sich zu Fuß ohnedies nicht mehr – herrührte, welche er sich nach dem, wie er fand, erfreulichen Besuch bei Doktor Falk gegönnt hatte.

Am schlimmsten erwischte es naturgemäß den Rücken. Bei der kleinsten Regung brannte er lichterloh. Und säße ihm nicht der Stolz des einstigen Vorzeigeathleten in der Brust, Roberto hätte als alter Veteran die Früchte seines Gehpensums gerne noch für eine Weile ausgekostet, wäre ungeachtet der ihm plötzlich heraufdämmernden Verabredung einfach liegen geblieben. Aber der nahende Termin entlockte Roberto wie einen aus der Asche aufsteigenden Phönix, nicht anders war es zu bezeichnen, dem Nachtlager.

Und nicht nur diesem. Nach und nach wurde ihm bewusst, dass er, ob den zuletzt anhaltenden Rückenschmerzen seine Arbeit sträflich vernachlässigt hatte. Eine Arbeit, die er eigentlich wichtig nahm wie nichts sonst. In die er eine an Fanatismus grenzende Begeisterung hineinlegte, wie ein gutes Jahrzehnt zuvor für seinen Traum, einmal der Beste seiner Zunft zu sein. Allein deshalb war in dem Augenblick, da er seines wichtigen, in wenigen Stunden zu absolvierenden Treffens aufdachte, für Roberto keine Entscheidung mehr zu fällen, sich entweder für eine weitere halbe Stunde unter der Decke zu verkriechen oder den Tag doch endlich in Angriff zu nehmen. Gepackt von der kindlichen Freude über ein sehnlichst wieder aufzunehmendes Spiel, verschwand sein Kater auch schon in der Bedeutungslosigkeit.

Wie jeden Morgen trippelte Roberto auf den Gang und machte sich vor der alten Wanduhr, dem Ertrag eines vor Monaten erwiesenen Freundschaftsdienstes, ein Bild von den kommenden Minuten. Nachdem er seine Vermutung bestätigt sah, länger wie sonst geschlafen zu haben, dampfte er in gedanklicher Vorausplanung die Prozedur auf das Nötigste ein: Katzenwäsche und Mundpflege, Anziehen, Tasche packen. Das musste reichen. Für Roberto so oder so kein untypischer Morgen. Frühstück war beispielsweise, wenn es eng wurde (und eng wurde es eigentlich immer), ein chronisches Opfer des stets dicht gedrängten Tagwerks.

Roberto hatte es sich zum Ziel gesetzt, keinen Tag verstreichen zu lassen, an dem er nicht mindestens drei, besser vier Klienten unter einen Hut brächte. Dabei konnte er von Glück sagen, dass nicht erst die Akquirierung ihn so auf Trapp hielt. Sein Problem war es, dass er jeden vom Institut überstellten Auftrag auch wirklich annahm. Ohne Ausnahme jeden! Dass er seinen Klienten dann freie Hand ließ bei der Bestimmung von Zeit und Ort ihres Zusammentreffens, setzte das Übrige hinzu. Die sogenannten Könige des Kapitalismus, an Roberto hatten sie eine selten gewordene Zuflucht. Leicht konnte es passieren, dass er in dem institutseigenen blauen Mazda 626, Baujahr 1981, zu dem ersten hundert Kilometer Richtung Westen fuhr, nur um Stunden später die gleiche Strecke, also hundert plus hundert Kilometer in die Gegenrichtung fahren zu müssen, obwohl Klient Nummer drei erneut nur zwanzig Kilometer von Klient Nummer eins entfernt beheimatet war, und so fort. Oft bemerkte Roberto das katastrophale Missmanagement erst, wenn er schon im Wagen saß, mit einem Auge auf der am Beifahrersitz ausgebreiteten Landkarte nach den vereinbarten Treffpunkten spähte und danach, bis zur Ankunft am nächsten Ort, regungslos hinter dem Steuer saß.

In Bezug auf die Arbeit sprach Roberto gerne von seinen »Fällen«. Vielleicht, weil er damit die zugunsten einer sportlichen, noch unerfüllt gebliebene Saat einer juristischen Laufbahn, jetzt, als knapp Vierzigjähriger, zumindest dem Anschein nach im Aufgehen begriffen sah. Eine andere, wohl plausiblere Erklärung war das einzigartige Gepräge eines jeden Sachverhalts. Im Grunde glich keiner dem anderen, und es hatte hier nicht nur den Anschein, als widersetzten sie sich hartnäckig jeder auch nur zufälligen Übereinstimmung. So spannend ihm die Arbeit dadurch auch wurde, bedeutete es für Roberto, mit jedem neuen Fall stets wieder ganz von vorne beginnen zu müssen. Wenn er dann, über seinen Aufzeichnungen brütend, wieder einmal vergeblich nach einer belastbaren Referenz suchte, fühlte er sich je nach Lage der Dinge mal im Labyrinth der menschlichen Psyche verrannt, mal vor Unwissenheit hasardierend. Längst nagte eine sichtlich kränker werdende Gesellschaft an dem Glauben, sein feilgebotener Beistand als Heilpraktiker, Seelenklempner, Raumenergetiker, wie immer man seine Betätigung auch hätte bezeichnen wollen, sein Ratgeben also brächte irgendeine glückselige Wirkung unter die Leute. Bislang jedenfalls hatte sein Enthusiasmus darunter kaum gelitten, verfolgte er darob freilich ein gänzlich zu unterscheidendes Bedürfnis.

Jeden seiner Fälle verhandelte er mit derselben Akribie, sodass mittlerweile stattliche Türme überwiegend im Schwange befindlicher Verfahrensdokumente an den Betonwänden seines Zimmers emporwuchsen. Und obwohl es ihm von Mal zu Mal schwerer fiel, etwa für eine kurzfristig eingeschobene Therapiesitzung den passenden Akt aus den Papierstapeln hervorzuzaubern, machte ihm die Aussicht einer weiteren Vorauskasse das unübersichtliche Chaos vergessen. Dennoch: Es wäre falsch gewesen, Roberto bloße Geldgier zu unterstellen. Ja, er selbst wäre bei dergleichen Behauptungen sofort an die Decke gegangen! Nein. Er nahm für sich in Anspruch, seiner Zukunft eine feste Gestalt zu geben; und besaß dafür den nötigen, aus der Überzeugung des notorischen Optimisten geborenen Eifer.

Zum Beispiel gab es für ihn keinen Zweifel, dass ihm mit seinem »Handbuch für ein gutes Leben«, einer aus hunderten Fallbeschreibungen zusammengesetzten Chronik des Scheiterns, einst sogar der internationale Durchbruch gelingen würde, von dem er dann nichts Geringeres erwartete, als dass er ihn mit einem Schlage von aller rastlosen Pflichterfüllung befreite. Bis es allerdings so weit wäre, wusste er um die Entbehrungen, welche sein Vorhaben nach sich zog, etwa den Aufschub persönlicher Bedürfnisse, bis hin zum geregelten Schlaf, auf ein zeitlich noch unbestimmtes »Danach«. Mit der Geduld des Tüchtigen verfolgte er sein großes Ziel, einst frei über sein Leben entscheiden zu können, auf dem Terrain der unbarmherzigen Realität; von einigen kleineren Veröffentlichungen einmal abgesehen, die ihm bis zur Stunde aber nichts Zählbares eingebracht hatten.

Vom geparkten Wagen aus war die Hausnummer 13 in der Rosenstraße gut zu erkennen. Roberto blieb dadurch die obligatorisch ausbrechende Hektik erspart, wenn sich kurz vor Beginn eines Treffens der richtige Eingang in einem Innenhof oder einer uneinsichtigen Seitenstraße wie versteckt hielt. Was Herrn Professor Sonntags Fall betraf, so war es weniger Robertos vermeintliche Gabe, unter Zurechtrückung von in erster Linie Einrichtungsgegenständen die Geister der Luft und des Wassers wieder geneigter zu machen, als vielmehr die damit verbundene Gelegenheit, mit einem der angesehensten Soziologen des Landes ins Gespräch zu kommen, welcher ihn von den anderen fraglos abhob, sodass er nicht umhin kam, dem Besuch eine entscheidende Bedeutung für sein weiteres Leben beizumessen. Zum ersten Mal fühlte er sich dazu bereit, sein »Handbuch« mit jemandem zu teilen. Nach einem Jahr schlafraubender Beflissenheit blickte er nun auf das knapp tausendseitige Schriftstück als ein ihm zugehöriges Zweit-Sein außerhalb seiner selbst. Unzählige Stunden hatte es in sich eingesaugt, sodass Roberto nun eine Müdigkeit verspürte, die angesichts eindeutiger Anzeichen von Überarbeitung seine Vorbehalte, den Schritt an die Öffentlichkeit zu wagen, milderte. Die Zeit war nun reif, dachte er, und der Zufall des berühmten Professors als sein jüngster Klient, ein eindeutiger Fingerzeig, nicht mehr länger zuzuwarten.

Herr Sonntag schien wenig mit DEM Sonntag aus der medialen Berichterstattung gemein zu haben. Roberto hatte sogar den Eindruck, er stünde einem schlechten Doppelgänger oder älteren Bruder gegenüber, und der prominente Wissenschaftler ließe sich von diesem noch einen Augenblick lang vertreten. Das Gesicht des eher kleinwüchsigen Männleins war von zart plissierter Löschpapierhaut überzogen, die auf Abbildungen wohl nicht immer dem Original entsprachen. Der Kopf wirkte wie auf einen Stumpen, der den Hals darstellte, locker, um nicht zu sagen wackelig aufgesetzt. Von dort oben drohte er nämlich, mit jeder seitlichen Bewegung mal hierhin, mal dorthin zu kippen, vor dem Allerschlimmsten jedes Mal nur durch einen lebensrettenden Reflex bewahrt.

Durch den kühl eingerichteten Flur führte der Professor ihn in ein schlichtes Vorzimmer, das er wahrscheinlich für Besprechungen mit Studenten nutzte.

»Trinken Sie Bourbon? Auf Eis?«

»Nein, danke.«

»Was kann ich für Sie tun?«

»Sie könnten mir sagen, was Ihnen fehlt.«

»Ach! Jetzt erinnere ich mich. Sie sind das schlechte Gewissen! Nun, ich habe da tatsächlich ein ernsthaftes Problem. Aber bevor ich es schildere, möchte ich Ihnen noch eine Frage stellen. Finden Sie es verwerflich, vierundzwanzig Stunden eines Tages an nichts anderes zu denken, als an die Arbeit?«

»Nein«, bestärkte Roberto seinen Klienten bedenkenlos in dessen schlechten Angewohnheiten.

»Ich sehe das genauso«, erwiderte der Professor. »Wäre die Welt nicht von einem Heer selbsternannter Forscher und Schriftsteller bevölkert, von denen sich jeder, nur weil er einen Stift zur Hand nimmt und damit ein Blatt Papier vollschmiert, einbildet, an ihm könne gar ein Weber oder Stendhal verloren gehen, nur weil ich ihn nicht unverzüglich zu meinem Protegé erkläre. Andererseits darf man sich nicht die kleinste Unaufmerksamkeit erlauben. Schnell ist ein geschürfter Edelstein übersehen und man wirft ihn zusammen mit dem ganzen anderen Dreck wieder zurück in den Fluss.«

Noch bevor er richtig Platz genommen hatte, erreichte, vom Inhalt seiner Tasche ausgehend, die Ausdünstung eines verwesenden Kadavers Robertos Nase. Nichts mehr würde es werden aus seinem Vorhaben, in einem günstigen Moment auf sein eigenes Manuskript zu verweisen. Er hätte sich, nebst der gründlichen Blamage, womöglich um einen lukrativen Auftrag gebracht, wenn Sonntag, der nun wirklich in Fahrt kam, ihn vor die Tür gesetzt hätte. Zu allem Überdruss machte sich viel zu früh für den Tag ein deutliches Ziehen im Rücken bemerkbar. Daher verwarf er den ursprünglichen Plan – wollte sich nur noch um den eigentlichen Zweck seines Besuches kümmern, um keine Minute länger bei einem Mann verweilen zu müssen, dem es gelungen war, innerhalb von nur ein paar ausgetauschten Sätzen alle in ihn gelegten Hoffnungen in den Wind zu schlagen.

»Oder sind Sie womöglich auch einer von der Sorte?« Er stellte diese Frage beim Eingießen eines doppelten Elijah Craig.

»Wenn Sie den Dreck meinen …«

»Na dann geben Sie mir schon ihr Wunderwerk, Monsieur Beyle.«

Er nahm den Stoß entgegen, legte ihn aber postwendend in eine der zahlreichen Schütten. Sodann trank er das Glas in einem Zug leer, worauf der sich warm ausbreitende Alkohol ihn in ein Nichts versenkte, aus dem er sich erst dank Robertos aufbegehrenden Rücken zu befreien vermochte. Denn dieser sah sich plötzlich dazu genötigt, dem närrischen Treiben ein vorübergehendes Ende zu setzen, indem er langsam von dem ungemütlichen Stuhl auf den Boden rutschte. Roberto dachte sich nichts dabei. Dieser von einem Bein auf das andere wechselnde Kniestand war ihm, zwischen Sitzen und Stehen, wie eine dritte zusätzliche Körperhaltung zur Gewohnheit geworden. Von Zeit zu Zeit konnte er so die Vorstellung abschütteln, seine Lendenwirbel würden vom Gewicht des immer noch kantigen Oberkörpers Scheibe für Scheibe zermalmt. Denn eigentlich war für ihn nicht mehr eindeutig auszumachen, ob von dem permanenten Zwicken und Zerren tatsächlich etwas Ernsthaftes zu befürchten stände oder ob er mittlerweile vor einem Schreckgespenst hergetrieben wurde. Für Letzteres sprach jedenfalls die Ungläubigkeit, wenn er sich, die chronischen Rückenschmerzen einmal wie durch ein Wunder verschwunden, früh am Morgen auf dem Sitz des Mazda in alle möglichen Richtungen bog, nur um endlich wieder darin Erleichterung zu finden, dass sich der verkrochene Schmerz langsam wieder regte! Solches ereignete sich, wenn Roberto nach den starken Medikamenten griff, weswegen er sie möglichst nicht gebrauchte. Ein probateres Mittel war da seine Arbeit. Malte er sich wieder einmal den Tag der »Freilassung«, wie er ihn nannte, aus, dann vergaß er hierauf gleich all seines, aus der schlechten körperlichen Verfassung erwachsenen Müßiggangs. Da stürzte er sich, egal wie spät es war, gleich noch in einen ganz vertrackten Fall, auf dessen Akten er nicht nur einmal eingenickt war und erst des Morgens, vom Schlaf noch ganz benommen, die Speichelreste von jener Seite entfernen musste, auf die der offen gestandene Mund sie vergossen hatte.

Herr Sonntag hingegen erschrak vor der Unterwürfigkeit, welche er anfangs in die Pose hineininterpretierte. Als Roberto, das Haupt gen Mekka niedergesenkt, ihm weiter noch einen phänomenalen Katzenbuckel präsentierte, an dessen äußerster Aufrichtung er ein leises Knacken zu vernehmen glaubte, da blies der Professor, erleichtert durch den Anflug eines Wutausbruchs hindurch, die Luft aus seinen Lungen. Dann sagte er:

»Meine Frau und ich spielen seit Längerem mit dem Gedanken …« Roberto ihn jedoch unterbrechend: »Sie müssen entschuldigen, aber es ist die reinste Wohltat!«

»Aber müsste man dazu nicht doch ein klein wenig gläubig sein?«

Roberto verstand nicht ganz, knüpfte dennoch an die Frage an.

»Sie müssen vor allem einen festen Glauben an die Zukunft haben. Verschwenden Sie keine Zeit an irgendwelche Scheinwelten. Denken Sie ausschließlich an sich und Ihre eigenen Ziele. Arbeiten Sie ruhig viel, verausgaben Sie sich bis an Ihre Grenzen, aber erfüllen Sie sich dann und wann auch einen Traum.«

Den Worten Robertos unter dem Sudschud wiederum entnahm der Professor nicht mehr als ein sinnloses Genuschel, was ihn aber nicht sonderlich zu stören schien. Roberto richtete sich langsam auf und sprach weiter.

»Ihr Haus zum Beispiel. Wenn ich mir es betrachte, dann sehe ich wenig Freude. Sie arbeiten umsonst! Gönnen Sie sich hier und da etwas … zum Beispiel einen schönen Teppich. Gehen Sie zu einem Händler. Nehmen Sie sich die Zeit. Reden Sie mit ihm über Farben und natürlich über seine Kinder. Lassen Sie mindestens zehn Stück auflegen und auf sich wirken. Fahren Sie mit ihren Händen über das stramme Gewebe. Wählen Sie sorgfältig aus. Das ist wichtig!«

Dann sprach er noch eine Weile von einem Mühlrad, das niemals still stand, von der Befreiung, davon, dass sich alles irgendwann lohnen würde. Er selbst befand sich abends auf der Rückfahrt als nicht besonders gut in seiner Rolle. Meinte, Herrn Sonntag mit Weisheiten aus aller Herren Länder gelangweilt zu haben. Aber war ihm auch anders wohl schwerlich zu helfen gewesen. Sein oftmaliges Nicken, womit er Robertos Ausführungen zu untermauern vorgab, verhehlte nicht, dass er insgeheim weit entfernt von ihrer beider Gespräch auf einem kargen Mond hockte, die verschränkten Finger darum bemüht, die zittrigen Hände unter Kontrolle zu behalten. Bis in den frühen Morgen beschäftigte es ihn, warum gerade einem wie Professor Sonntag, auf dem Zenit seiner Laufbahn, alles zu entgleisen drohte.

Als Herr Sonntag aus seinem Tagtraum erwachte, war Roberto längst zu Ende mit seinen Ausführungen. Er hatte inzwischen ruhig ausgeharrt, die Zeit dann und wann mit Ertüchtigungen für seinen Rücken überbrückt. Sein Umgang mit Klienten gebot es ihm, auffällige Verhaltensweisen, so zumindest bei den Erstgesprächen, auszuklammern. Auch die besten Absichten änderten nichts daran, in den Augen der sich in der Gesundheit Wähnenden als ein über jede Kritik erhabener Besserwisser dazustehen. Ohne Not wäre so die Sitzung in einer nicht mehr beizukommenden Schieflage gelegen. Lehrer spricht mit Schüler, schlimmer noch, Vater spricht mit Sohn. Denn wer erinnerte sich nicht an so manch väterlichen Rat, nach dem, gerade weil er es gut mit einem meinte, eben NICHT gehandelt, sondern ihn vielmehr zugunsten eines dazumal stärkeren Bedürfnisses nach Erfahrungen außer Acht zu lassen. Dafür konnte er es nicht leichtfertig riskieren, die Essenz eines offenen Austauschs, nämlich das Vertrauen, von patriarchalen Reflexen desavouiert zu sehen. Robertos Vorstellung war die eines Gespräches zweier Gleichberechtigter auf Augenhöhe. So ließ er den seltsamen Anwandlungen des Professors freien Lauf, bis dieser, wie wenn er nicht eben für geraume Zeit geistig abwesend gewesen wäre, gleichsam hellwach sich zurückmeldete.

Roberto kannte diese Art Aussetzer von einem Menschen, den er zu Zeiten sentimentaler Verklärung vielleicht zu seinem einzigen Freund erklärt hätte. Vukomir, ein dem damaligen Jugoslawien entstammender Serbe, war, soviel sei vorneweg berichtet, den Genüssen eines kräftigen Šljivovica nicht abgeneigt, vertrug davon aber höchstens zwei, drei Stamperl. Und immer dann, wenn er beim Zählen nicht aufpasste, kam es vor, dass er inmitten einer lustvoll ausgeschmückten Geschichte ganz unvermutet wegknackte, um nach Minuten des Schweigens nicht nur an seine eigenen, sondern noch an die Worte des inzwischen weitergesponnenen und von ihm selber vermeintlich verschlafenen Geredes anzuknüpfen vermochte. Indem er also anfing, wie selbstverständlich von einem bösen Dämon zu berichten, der ihn daran hindere, anstelle des unansehnlichen Kunstfaserschlappens einen neuen Teppich für die Diele zu besorgen, gelang Herrn Sonntag nun selbiges Kunststück.

»Wie wäre es, wenn Sie mich dabei unterstützen würden? Sie tätigen für mich den Ankauf eines neuen Persers, und ich werde mir einmal Ihr Manuskript ansehen. Aber sehen Sie zu, dass Sie damit bis vor meinem Kollegiumstreff am Freitag auf der Matte stehen!«

Kurz darauf verließ Roberto die Rosenstraße. An diesem Tag absolvierte er noch zwei weitere Termine. Beide vielversprechend und die Fahrzeit nicht der Rede wert. Lange war er nicht mehr so früh auf dem Heimweg gewesen.

Kurz vor dem Einfahrtstor kurbelte Roberto hastig am Lenkrad. Er hatte sich dazu entschlossen, den Tag ausnahmsweise mit einem kühlen Bier ausklingen zu lassen. Von den Anrainern liebevoll »Häferl« gerufen, versprühte außer dem Namen rein gar nichts die berühmte Wiener Kaffeehausatmosphäre. Insbesondere für die vier großen Blockbauten des Viertels war es dennoch eine gern genommene Anlegestelle an zur Neige gehenden Werktagen. Roberto gehörte zu den seltenen Gästen, hatte er doch stets zu Hause noch an seinem »Handbuch« zu tun gehabt, wenn er es denn, von seinem letzten Termin zurückeilend, überhaupt noch vor Sperrstunde da zu sein schaffte.

Doch an diesem Tag war alles anders! Seit es ihn an Ort und Stelle verschlagen hatte, fühlte er sich in einer Sache oder in einer bestimmten Phase des Lebens festsitzend, und nicht eine Silbe stand über die noch ausstehenden Entbehrungen bis zum Erreichen ihres Endes geschrieben. Umso überraschter stellte er nun fest, dass ihn augenblicklich von alledem der Schuh nicht drückte. Er musste nicht zurück, um noch dies und jenes zu vervollständigen. Er musste sich auch nicht fehlgeschlagener Aufträge wegen erklären – diese waren, so die unmissverständliche Regel der Anstalt, mit akzeptablen Begründungen, egal zu welcher Tages- und Nachtzeit, in der Administration zu hinterlegen. Schließlich fühlte er sich entledigt von den gewöhnlichen Tätigkeiten, um nicht zu sagen unangenehm befreit, was so viel bedeutete, von einem unvorhergesehenen Zustand überrumpelt worden zu sein. Die ansonsten so verlässlichen Ausreden, warum er auch diesmal wieder nach Hause gehen sollte, bewahrten Roberto dieses Abends nicht davor, seiner Verunsicherung mit ein wenig Kurzweil im Häferl zu begegnen.

Kaum hatte er den Motor abgestellt, grinste auch schon ein mit dunklem Haar umkränzter Kopf durch das die Fahrgastzelle mit Frischluft versorgende und zu diesem Zweck immer einen Spalt breit geöffnete Türfenster.

»So früh schon hier?«

Mit ein paar schnellen Handbewegungen gab er zu erkennen, mit ihm noch einen Abstecher ins Häferl unternehmen zu wollen. Der Mann, um den es sich handelte, war besagter Vukomir Jevanovič. Er war fünfundvierzig Jahre alt und nach einer von beiden stillschweigend als schicksalhaft empfundenen Zusammenkunft, in eine freundschaftliche Verbundenheit mit Roberto eingetreten.

Nicht zum ersten Mal in der Geschichte hätte allerdings der erste Eindruck eines Menschen zu falschen Schlüssen geführt. Und nicht zum letzten Mal in der Geschichte war aufgrund unglücklichster Verkettungen, Missbilligung seines Gegenübers oder gar mutwilliger Täuschung desselben ein ganzer Krieg angezettelt worden. Womit vom sogenannten »Ende der Geschichte« mit einiger Berechtigung erstmal abgesehen werden durfte. Denn funktionierte das neue Wetteifern ganz nach den alten Mustern, und die neuen Feldherren gefallen sich seit Erscheinen gleichnamigen Bestsellers auch heute noch bei der Vollstreckung des seit jeher geltenden Unverstandes. Erstaunlich die Ignoranz, mit welcher es die Entscheider als höchste Wertschätzung einer Existenz betrachten, sie für die Erzeugung oder den Erwerb ihrer Produkte (dazu nicht minder die Arbeitskraft zählend) zu drangsalieren. Wie viel mehr zählt heute der erste und oberflächlichste Eindruck von einer Ware, und wann hätte er je weniger über sie ausgesagt!

Sogar der stolze Serbe, auf den es wieder das Augenmerk zu legen gilt, war, als er für den Außendienst einer Kaffeerösterei anzuheuern suchte, in ein Gewand gezwängt, das bei flüchtiger Betrachtung einem Anzug zum Verwechseln ähnlich sah. Jemandem etwas vorzugaukeln war nun wahrlich nicht seine Art gewesen, doch wollte er die abwechselnd bekleideten Botendienste und Hilfsarbeiten in den dunklen Archiven des hiesigen Fakultätsbetriebes nur allzu gerne gegen etwas Freigang eintauschen. Erfolgreich hielt er mit Zwirn und Integrationswilligkeit den »Jugo« über die Dauer des auf die Probe-Stellens hinterm Berg. Nicht Opportunist, aber sich im Zweifel der Vernunft besinnen! Weit besser mochte die Unbekümmertheit des anderen das Klischee serbischer Heißblütigkeit verkörpern. Aber davon sollte man, wie gesagt, sich nicht gar zu früh in die Irre führen lassen.

Den größten Teil seines Lebens verbrachte Vukomir in einem Land, das nach Lage der Dinge sich unaufhaltsam in seine Bestandteile aufzulösen im Begriffe war. Von dem Gezerre der Streitparteien waren seine Grenzen gewissermaßen von der Landkarte radiert, und es stand noch in den Sternen, wann und wo sie erneut würden gezogen werden. Nicht anders wütete die Auseinandersetzung, wo er geboren und aufgewachsen, ganz im Süden der vormaligen jugoslawischen Teilrepublik Bosnien und Herzegowina. Ein Umstand, dem er sich auffällig häufig seiner anzunehmen widersetzte. Doch war es gerade die Verdrängung von Tatsachen, welche umso eindringlicher sein Mitfühlen beteuerte, dass in den Sog des Krieges auch sein Zuhause, über dessen Schönheit er dann und wann zu später Stunde ins Schwärmen geriet, mit hineingezogen wurde. Bilder vor allem des die Landschaft prägenden Dinarischen Gebirges, dem er sich schon bei den ersten Schulausflügen ehrfürchtig annäherte. Erinnerungen aber auch an die unbeschwerte Kindheit, wo es sich ebenfalls begab, dass das von den Kameraden praktizierte Abkürzen von Namen auf das allernötigste Maß ihm des friedfertigen Anteils seines eigenen Namens beraubte und das, wie er glaubte, sein Naturell nur unzureichend veräußernde, rein wölfische »Vuk …« übrig beließ.

Wenn er einmal nicht umhin kam, seine Meinung über das »Warum« kundzutun, dann entgegnete er zynisch, dass ein Konflikt zwischen Brudervölkern wohl nur die Regel, jedenfalls nichts Außergewöhnliches sei, da doch wohl niemand Einfluss auf die Zusammensetzung seiner Verwandtschaft habe, zumindest nicht schon vorhandener Onkel und Tanten. Es sei dadurch einsichtig, dass nirgendwo sonst so erbitterte Fehden an der Tagesordnung stünden, als innerhalb von Familien. Echte Freundschaften hingegen seien erst nach Jahren erprobten Zusammenhalts richtig gefestigt, weil sorgfältig aussortiert. War zuletzt die Lust am Politisieren von ein paar Schnäpsen herbeigezaubert, unterbreitete Vuk Ansichten, die sich erst bei genauerer Betrachtung als Schuldzuweisung begreifen ließen. Der verehrte Leser möchte sich bei nun folgender Erläuterung gerne selbst einen Reim darauf machen. Der versteckte Vorwurf sollte sich jedoch in späteren Jahren aus weit prominenteren Mündern in einer zum Zeitpunkt vorliegender Geschichte kaum für möglich gehaltenen Offenheit wiederholen.

Damals war aber erstmal fraglos der an die Peripherie gedrängte, zentralstaatliche Aggressor der einzig wahre Schuldige. Alle Völker, ob sie nun wollten oder nicht, hatten sich aus dieser Weltsicht heraus der historischen Faktizität zu unterwerfen. Dazu gehörte es, das sogenannte »Gute« endlich wirken zu lassen, und es nicht etwa durch den schweren Rucksack der Geschichte an seiner Ausbreitung zu behindern. In Bosnien war man sich darüber noch uneins. Deshalb gab es Krieg. Hier die Fraktion der Willigen, die für den Eintritt in die Völkergemeinschaft plädierten. Dort die Bewahrer von Mythos, Herkunft und Identität. In den Anfängen ihrer Freundschaft war es Roberto, der Vuk spaßeshalber einmal fragte, ob es Andromeda denn Wert sei, den Phineus zu geben, und ob er für seine Heimat nicht auch das Schicksal einer ewig schuldbefleckten Starre heraufdämmern sah, was auch immer das für eine Nation bedeuten mochte.

Die Lektüre des Ovid verdankte er weniger dem Stachel eines von italienischen Wurzeln durchaus begünstigten Patriotismus‚

als eines unbeirrbaren Klienten, dessen Mission es offenbar war, ihn leidlich davon zu überzeugen, er müsse sich noch unbedingt dieses und jenes Buch zu Gemüte führen. In regelmäßigen Abständen las er Vuk, dem nichts davon bekannt war, die Stelle von Perseus' Kampf gegen Phineus vor, bis er die Seiten kurzerhand aus dem Buch riss und sie, in Kuvert mit Schleife drumherum verpackt, Vuk an dessen Geburtstag zum Geschenk bereitete.

»Dir gab deine Leistung den Vorrang, mir meine älteren Rechte.« Dieser eine Satz aus Phineus Munde erneuerte jedes Mal, da er ihn hörte, Vuks Verbitterung über die einseitige Auslegung des Balkankrieges. Zu der Zeit, als er das Land verließ, war sie noch nicht die seine, und später, in Österreich heimisch geworden, bezog er sie noch ganz auf sich selbst. Jetzt aber war er ein ganzes Stück näher an die Seite seines Volkes gerückt, ohne dabei jedoch die Brüder zu verteufeln. Was hätte er nicht für Luftsprünge vollführt, wäre das Töten nur die Folge eines Missverständnisses gewesen. Aber der eherne Blick der Meduse härtete da den Abtrünnigen schon das Gesicht, begann alles Lebendige, Kleinmärkische, Nutzlose und Raubeinige zu vernichten. Vuk hatte noch erlebt, dass es anders sein konnte. Er erinnerte sich noch gut, wie stark sich ein Staat fühlen könne, wenn alle seine Glieder ineinandergreifen. So stark, dass man es sich erlauben konnte, weder der einen Supermacht nach der Pfeife, noch der anderen blindlings in die Arme zu tanzen, sondern als Blockfreier eine gar dritte Möglichkeit in Betracht zu ziehen. Das war allerdings lange bevor Vuk sich, zu einem jungen Mann herangereift, wie jeder andere in Jugoslawien nach Josip Titos Dahinscheiden, mit Politik auseinanderzusetzen begann.

In der Cafeteria gehörte Politik nicht unbedingt zu den angesagten Gesprächsstoffen. Neben dem wenig erbaulichen Tagesgeschäft schien es keinen Klatsch zu geben, für den eine ausgelassenere Konversation sich lohnte. An den Tischen wechselte man Hauptsätze ohne Belang. Nicht wenige saßen sich wortlos gegenüber und warteten darauf, dass der jeweils andere doch endlich ein neues Thema erfände, das besprochen werden wollte. Oder sie waren von vorneherein allein, ohne irgendwelchen Anspruch auf Verständigung aufgeschlagen. Hektisch wurde es nur einmal, als dem Kellner ein neckischer Schritt das Tableau aus dem Gleichgewicht kippte, und, so tollpatschig wie er sich gezeigt hatte, es tatsächlich schaffte, die Getränke mit einer bewundernswerten Zielgenauigkeit auf den Schoß eines Mannes auszuleeren. Aber nicht nur das, erwischte eines der herunterfallenden Gläser um Haaresbreite die Kante des Tisches, wodurch sich sein in ein paar Dutzend scharfkantige Stücke zerborstener Körper noch bis unter das locker getragene Hemd des Pechvogels verteilte. Vuk und Roberto sahen amüsiert von der Bar aus zu, wie sich der Kellner zum wiederholten Male entschuldigte und sich redlich bemühte, den aufgebrachten Herrn aus seiner Gefahr zu befreien. Doch blieb es nicht aus, dass sich das Missgeschick bis zum denkbar Schlimmsten entfaltete. Eines der kleineren Bruchstücke lag nämlich so unglücklich in den Haarbüscheln der dicht bewachsenen Brust verfangen, dass schon beim ersten Versuch, es zu entfernen, ein nicht unbeträchtliches rotes Rinnsal zum Vorschein kam. Nach einer halben Stunde war das Spektakel vorüber, die angeritzte Brust des Mannes verarztet. An den teils schon gelichteten Tischen machte sich erneut die anfänglich klamme Stimmung breit. Während auch die übrigen sich nach und nach erhoben und wie zum Zapfenstrich abtraten, erwähnte Roberto Vuk gegenüber den unerwarteten Erfolg bei Professor Sonntag:

»Und du glaubst wirklich, dass er dein Manuskript lesen wird?«, fuhr Vuk dem allzu euphorischen Roberto dazwischen.

»Nun ja, vielleicht nicht das Ganze.«

»Also, für mich klang das nicht sehr verbindlich!«

»Es ist eine Gegenleistung, kein Freundschaftsdienst.«

»Ach ja, richtig! Wo willst du eigentlich bis Freitag einen Perserteppich auftreiben? Und mit welchem Geld?«

»Ich hatte mir gedacht, du …«

Aber Vuk sichtlich entnervt:

»Wieso musstest du nur wieder in so eine komische Nummer einsteigen?«

»Du hast ja recht, Vuk. Aber wenn es nun doch etwas wird?«

»Ach Roberto«, seufzte er. »Lass' uns gehen. Es ist schon spät.«

Vukomirs Skepsis war mehr als berechtigt. Die läppische Geschichte mit dem Teppich war beileibe kein Einzelfall, seit Roberto den Plan fasste, in einer nicht allzu fernen Zukunft sich des Lohnes seiner Arbeit bemächtigen zu wollen. Allein in der kurzen Zeit ihrer Bekanntschaft erhielt Vuk von allerlei dummen Einlassungen seines Freundes Kenntnis. Darunter waren viele kleine Versprechungen mit erhofftem Zusatzverdienst, aber auch das ein oder andere krumme Ding mit schier wahnwitzigen, in Aussicht gestellten Renditen. In den meisten Fällen sprang für Roberto selbstverständlich nichts dabei heraus als die zeitweilige Einsicht, wieder einmal nur benutzt worden zu sein. Wen wunderte es, dass sie dann nur so lange von Dauer war, bis der nächste schmeichelnde Augaufschlag sogenannter »Geschäftspartner« sie verwässerte, wie Brandungswellen die zu nah ans Meer gebaute Sandburg. Stark war sein Wille, sich so schnell es ging, am besten gleich per Überraschungscoup, freigespielt zu haben, dass er, völlig von ihm eingenommen, darüber vergaß zu erkennen, dass er sich übernahm oder dass einfachste Konditionen wie die Lieferfrist einer Ware die Aktion von vornherein zum Scheitern verurteilen mussten. Er ließ solcherart Kritik natürlich nicht gelten. Ja, man wollte ihm beipflichten, dass allen vorgelegten Erklärungen – Professor Sonntagens Popularität zum Trotz – der fahle Beigeschmack eines soziologischen Dozierens anhaftete. Nicht dass es falsch gewesen wäre, dass er sich bei der Abwägung von Kosten und Nutzen gerne mal verrechnete oder dass ein Milieu wie die Vier-Blöcke-Gemeinschaft für fragwürdige Geschäfte einen guten Nährboden darstellte. Das stimmte alles. Doch was sagten Erklärungen schon aus, wenn sie die Herkunft, die Erlebnisse und Traumata, kurzum, wenn sie den prägenden

Schliff eines Werdeganges nicht in irgendeiner Weise zu berühren wussten?

Vukomir musste aus seinen Beobachtungen nicht erst groß schließen, dass Roberto, schon als es ihm noch gar nicht um einen ernsthaften »Ausbruch« anzukommen hatte, einem Fluch (ja, so nannte er es einmal ihm gegenüber!) anheimgefallen war. Mag sein, dass die krankhafte Neigung, nicht »Nein« sagen zu können, nur ein Mittel zum Zweck zur Erfüllung seiner Sehnsucht darstellte. Wurde man Zeuge einer solchen Gefälligkeit (eine solche zeigte sich immerhin auch für ihre eigene erste Begegnung verantwortlich!), sah man nicht etwa eine von manischer Besessenheit durchdrungene Person. Bei Roberto hatte man stets das Gefühl, dass er es ehrlich meinte, wenn er wieder einmal mit dem Kopf nickte und sich damit wieder einmal eine uneinbringliche Bringschuld aufhalste. Es ging sogar so weit, dass noch dem verruchtesten Gauner von einem kurzen Schauer bedeutet wurde, dass sein Gegenüber sehr wohl Kenntnis über seine unlauteren Machenschaften besaß, dieser aber ungeachtet dessen dazu bereit war, nichts unversucht zu lassen, das Unmögliche vielleicht doch noch hinzubekommen. So keimte in seinem naiven Eifer ein beinahe unerträglicher Großmut. Man konnte sich immer darauf verlassen, dass er »Ja« sagte, oder »Ja« meinte, indem er eben »Nein« sagte, wenn er glaubte, dass es so viel wie ein »Ja« galt. Und ebenso war darauf Verlass, dass er es genau bei diesem einen Wort bewenden, ihm keine vielleicht unangenehmen Fragen nachfolgen ließ.

Damit dem Leser zu seinem Rechte verholfen, zu erfahren, was damit gemeint sei, kann es ihm an dieser Stelle nicht erspart werden, zum Zwecke restloser Aufklärung, was genau Robertos und Vukomirs Freundschaft begründete, etwas weiter, nämlich bis kurz vor Vukomirs Flucht aus seiner zusehends der Gewalt überantworteten Heimat auszuholen.

2

Die einsetzenden Kriegshandlungen waren für alle in Bosnien lebenden Menschen ein herannahendes Gewitter, dem man entweder auswich oder sich stellte. Noch bevor es darum ging, eine Seite für die seine zu erklären, war es an jedem Einzelnen zu akzeptieren, dass die Festigkeit unter den Füßen nicht so schnell wieder zurückkehren würde. Denn die Hoffnung, von Kampfhandlungen verschont zu bleiben, schwand mit der Bereitwilligkeit der abtrünnigen Völker, das Festhalten des Bundesstaates an der Einigkeit nicht nur zu ignorieren, sondern ihm seine Sturheit ebenbürtig vergelten zu wollen. Spätestens das erste, auf der Terrasse ihres Vorstadthäuschens vernehmbare Wummern aus den Rohren der Artillerie, trichterte den Jevanovičs unmissverständlich ein, dass auch sie sich darum zu kümmern hatten, wie von nun an fortzufahren wäre mit der Arbeit, mit dem Haus, mit ihrem bis dahin gekannten Leben.

Im Winter/Frühjahr des Jahres 1993 übernahmen Vuk und seine Schwester Nataša infolge des plötzlichen Todes ihrer Mutter Miroslava das am äußersten Stadtrande, mehr dem Lande schon zugeneigte Haus in Mostar als wertvollsten Teil ihrer Hinterlassenschaft. Mira erlag einer erst bei der Obduktion des Leichnams festgestellten Blutvergiftung unbekannter Herkunft. Dass aufgrund der mysteriösen Umstände ihres Todes allerlei Vermutungen in der Gemeinde kursierten, war eine fast schon verständliche Begleiterscheinung gewesen, wenngleich das wechselseitige Anden-Pranger-Stellen der Ethnien bei dem nachsichtigen Gemüt ihrer Mutter wie aus der Luft gegriffen wirkte. Vieles sprach nämlich dafür, dass der alte, zur schnellen Erfrischung von Mira allein genutzte Hausbrunnen infolge krimineller landwirtschaftlicher Praktiken oder eines durch Beschuss leck geschlagenen Tanks – es sollte dies nie restlos aufgeklärt werden – hochgradig verunreinigtes Grundwasser zu Tage förderte.

Sowohl bei Nataša als auch Vukomir erbaute sich kein echtes Bedürfnis, nach Öffnung des Testaments prompt an die Stätte ihrer gemeinsam verlebten Kindheit zurückzukehren. Jedoch war, angesichts der noch nicht abzusehenden Entwicklungen im Land, die Möglichkeit, sich der wiederkehrenden Pflicht des Mietzinses entledigen zu können, nebst der ihre Majka widerfahrenen göttlichen Strenge, auch ein Segen des Himmels. Auf die Belagerung Sarajevos hin durfte Nataša, weit entfernt von ihrer Ausbildung als Sprachgelehrte, dank ihrer erstaunlichen Fähigkeiten im Umgang mit Rindersteaks, Lammfilets und anderen fleischlichen Genüssen – das Zubereiten von deftigen Speisen mit dem gewissen Etwas erlernte sie natürlich bei ihrer Mutter – zumindest dann und wann in einer noch geöffneten Taverne im Stadtzentrum von Mostar für Bagatellabfindungen einspringen.

Vukomir war vorerst noch an seinem Hader über Herrn Inič von I&B Haustechnik zugange, für den er zuletzt gearbeitet hatte. Obgleich sie sich in dem familiär geführten Kleinbetrieb vorher dafür ausgesprochen hatten, es den anderen nicht gleich tun zu wollen, setzte dieser ihn überraschend vor die Tür. Das war er also, der Leuchtturm in der wild aufschäumenden Brandung, dem Herr Inič in seiner meist umständlichen Sprache das Wort redete!? Am Ende entpuppte sich also auch er nur als ein Kroate, der einem Serben eins auswischen wollte. Der unerwartete Sinneswandel schockierte Vukomir und ließ seinen bis dato standfesten Optimismus, die Verfeindungen wären immer noch auf Ebene der Diplomatie lösbar, zu einem Nichts schwinden. Wenn die friedfertigsten Zellen der Gesellschaft aufhörten, dem Streit der politischen Eliten entgegenzuwirken, dann waren die zum Äußersten bereiten Kräfte durch niemandes Willen mehr zu kontrollieren. Damit, dass sie sich zu einigen wenigen Zentren bündelten und sie die zahlreichen, kreuz und quer liegenden Meinungen wie ein über sie hinwegschwebender Magnet in eine Strich an Strich, gleichförmig habt Acht befohlene Richtung zogen, errangen sie eine nicht mehr zu bändigende Macht. Auf die Enttäuschung hin verkroch sich Vukomir tagelang in seinem alten Zimmer, versuchte dadurch, den alles an sich reißenden Ideologien so wenig Angriffsfläche wie möglich anzubieten, bis er, dem elenden Grübeln überdrüssig, im Getöse der am Horizont unvermindert heftig kämpfenden Stellungen für die Schwester wenig überraschend vermeldete, dass er sein Glück im Ausland suchen wolle.

Zwischen Nataša und Vuk brauchte es nicht viel der Worte, um zu verstehen, was nun bevorstünde. Die Trennung empfanden beide als vernünftige, ihren so unterschiedlichen Wesenszügen entgegenkommende Lösung, von der der eine, im Falle eines Scheiterns des anderen, Profit schlagen würde. Bei weiterer Verheerung des Landes etwa würde der Ausgewanderte der vielleicht lebensrettende Anker für die Zurückgebliebene sein. Anders herum hätte diese den Besitzanspruch der Familie gewahrt, wenn sich im Falle einer Besetzung Mostars (oder durch massives Eingreifen einer noch unentschlossenen vierten Macht) das Schlachtfeld entflechtete. Beides zusammen erhöhte die Wahrscheinlichkeit, nicht ohnmächtig in das Verderben hineingerissen zu werden, in dessen Folge sie womöglich in einem der Auffanglager endeten, wie sie hinter den Staatsgrenzen bereits zügig anschwollen.

Man wird darüber erstaunt sein, dass nicht etwa das Ausgeliefertsein den Unbilden autorisierten Tötens es war, das man Nataša hätte ausreden wollen, weil doch die Fluten schon gefährlich weit über den Köpfen der Zivilbevölkerung zusammenschlugen. Nein! Anders als gedacht sollte es Vukomirs Flucht sein, die zur wahrlich filmreifen Zitterpartie auf Leben und Tod geraten sollte.

Bevor der eigentliche Plan geschmiedet, hatten seine ersten Überlegungen ergeben, es wäre wohl das Beste, von der nahe gelegenen Küste aus, sich nach Italien hin abzusetzen, um damit den Gefechten in größtmöglichem Bogen auszustellen. Weil er aber beileibe nicht der Einzige war, dem diese Idee als besonders verfolgenswert erschien, entbehrte der vermeintlich gefahrlosere Weg über die Adria nicht eines minder großen Risikos, den Krieg dann nicht seiner selbst wegen, sondern gerade in der Absicht seiner Vermeidung mit dem Leben zu bezahlen. Und nicht gekenterte Boote wurden zumeist von italienischen Patrouillen der »Guardia Costiera« aufgegriffen und in die Häfen von Bari, Pescara oder Ancona geschleppt, wo sich die Freude der Grenzbeamten, zumal über serbische Flüchtlinge, in Grenzen hielt.

Nach der anfänglichen Euphorie über sein Vorhaben musste Vukomir feststellen, dass er es überhaupt nicht anzustellen wusste, seinen Entschluss in die Tat zu setzen. Zunächst fiel ihm nichts Besseres ein, als an besagtem Küstenstreifen, von einem der zahlreichen Karstvorsprünge, auf gut Glück nach verdächtigen Schiffen Ausschau zu halten. Aber weder das Gesuchte noch irgendetwas anderes befuhr, soweit er blicken konnte, die See. Nach dem dritten Versuch reichte es ihm, und die Enttäuschung ob seines mangelhaften Vorankommens bei dem Wunsche, schon demnächst aus Mostar verschwinden zu können, begann sich langsam in Verzweiflung niederzuschlagen. Es fehlte nicht mehr viel und Vuk hätte auf eigene Faust hin das dinarische Alpenland zu überqueren gesucht, als er durch Zufall in einem Bushäuschen zwei serbische Landsleute über einen ihm bekannt vorkommenden Plan sich unterhalten hörte. Er spitzte die Ohren, um sich dessen zu vergewissern. Der Bus, auf den er wartete, kam ohnehin nicht.

Die beiden Männer hörten nach einer Weile auf zu reden, weil sie sich wegen Vuks offensichtlichem Interesse unwohl fühlten. Vuk wiederum bemerkte, dass das Gespräch seinetwegen stockte. Er musste etwas tun.

»Dobar dan! Waren Sie schon einmal in Österreich? Es soll dort sehr schön sein!«

»So etwas kam uns zu Ohren«, sagte der von beiden grimmiger Dreinschauende nach einer kurzen Pause. Und der andere setzte leise hinzu:

»Eine beschwerliche Reise gerade in Zeiten wie diesen, nicht wahr?«

Vorsichtig hatte man in der Folge die Ansichten zum Wetter nach und nach gegen Argumente für und wider die politische Lage eingetauscht, bis man sich sicher sein konnte, keinem Nationalisten gegenüberzusitzen. Denn auch wenn sie sich darin einig waren, nichts mehr zu tun haben zu wollen mit den ihren, so entsprach es noch immer der Logik des Krieges, dass der Fahnenflüchtige Verrat an seinem Land begeht. Im Grunde bezweckt er mit seiner Entscheidung ja nichts Geringeres als den Bruch des durch Geburt mit demjenigen Orte verbürgten Bundes, genannt Heimat. Zumal das Ganze in einem Bürgerkrieg für Freund und Feind gleichermaßen zu behaupten wäre, sodass es also gefährlicher ward, dem Krieg gleichgültig gegenüberzustehen, als ihn zur eigenen Sache zu erklären.

Antonije und Željko gehörten zu einer Gruppe von Serben, die sich seit Wochen um eine Aufenthaltsbewilligung in Österreich bemühten, weil dort die Einreise wegen der sogenannten »Bosnien Sonderaktion« vergleichsweise einfach geworden war. Für die bislang rund fünfzigtausend »De-facto-Flüchtlinge«, wie es im Beamtenjargon hieß, wurden während des begrenzt ausgesprochenen Bleiberechts sogar erträgliche Quartiere bereitgestellt. Nachdem es anfänglich so ausgesehen hatte, dass einer Bewilligung nichts mehr im Wege stünde, es also binnen Tagen losgehen sollte, brachen die Verhandlungen zwischen den österreichischen Behörden und ihrer Vertrauensperson in Wien jäh ab. Es wäre nun alles sehr viel schwieriger geworden, klagte Josip, ein Bekannter eines Cousins von Antonije, der sich anderthalb Jahre zuvor, gleich nach der slowenischen Unabhängigkeitserklärung, abgesetzt hatte. Weit gediehene Akten waren plötzlich nicht mehr auffindbar. Beamte zeigten Erinnerungslücken, wussten nichts mehr von einem Antonije usw.

Das erstarkte rechtsnationale Lager trieb in Österreich schon eine Weile die große Besitzstandskoalition vor sich her und kratzte Wahl um Wahl an den für die Ewigkeit bestimmten Mehrheitsverhältnissen. Eine Migrationspolitik, die ihren Namen nicht verdiente, war der Stachel im Fleisch des rot-schwarzen Proporzes, an dem »die Blauen« bei jeder sich bietenden Gelegenheit zogen und zerrten. Der wenige Kilometer hinter der Grenze das Nachkriegseuropa erschütternde Balkankrieg war ein solcher! Tausende Kriegsflüchtlinge strömten vorzugsweise nach Österreich und lösten dadurch eine als »Anti-Ausländer-Volksbegehren« in die Geschichte eingegangene Campagne der »Freiheitlichen Partei Österreichs« aus. Dieses Mal erzürnte sie aber nicht nur die Konkurrenz auf dem Parteienmarkt, sondern brachte das gesamte rot-weiß-rote Gewissen, allen voran Journalisten, NGOs und Künstler dazu, mit ihren zig Tausenden von Flämmchen den Nachthimmel über dem Wiener Heldenplatz in ein Lichtermeer zu verwandeln. Obwohl dem für gescheitert erklärten Volksbegehren niemand eine formalpolitische Wirkung zugestand, sickerten seine Forderungen unter Vorwegnahme eines doch möglichen Prestigeerfolgs über versteckte Anweisungen des Innenministeriums in den Beamtenapparat ein. Für Leute wie Antonije und Željko bedeutete dies letztlich auf andere, illegale Weise die Grenze überqueren zu müssen.

So kam es, dass besagter Bekannter in Wien eine Schlepperbande auskundschaftete, die sich gegen eine Vorauszahlung des stolzen Betrages von 100.000 Schillingen und bestimmten anderen Bedingungen dazu bereit erklärte, die Einreise über das Dolomitengebirge zwischen Venetien und Osttirol zu organisieren. Vuk bemerkte, dass ihnen der Gedanke, sich in Abhängigkeit krimineller Machenschaften zu begeben, ein gehöriges Maß an Furcht einflößte. Gerne hätten sie es anders gewollt! Aber all dies genügte nicht, ihrer von einem Krebsgeschwür befallenen Heimat eine zweite Chance zu unterbreiten. Vorerst nicht.

Seinen Anteil beglich Vukomir aus dem nachgelassenen Barvermögen seiner Mutter, dem er bis dahin keine Beachtung geschenkt hatte. Es waren dies einige Dutzend in einer Schatulle fein säuberlich aufbewahrte Konterfeis des Schriftstellers Ivo Andrić. Das Geld musste er noch am selben Tag seines Entschlusses in harte Schillinge eintauschen gehen, weil der Verfall des jugoslawischen Dinars ansonsten nicht mehr genug davon übrig gelassen hätte, um die Schlepper davon bezahlen zu können. Kapitalflucht nannte man das. Und weil das zur Not als Zünder für den Ofen vorgesehene Papier mit einem Mal einen Tauschwert besaß, nahm er auch an dieser Flucht teil. Vuk war froh, Gleichgesinnte, überhaupt Abhilfe für sein Nicht-Wissen-Wie gefunden zu haben. In fünf Tagen ging es endlich los, was, wie man sich denken konnte, den nervösen Schlaf nicht wie erhofft besänftigte.

* * *

Die Flucht begann, nein, nicht wie man es vermuten würde, im Schutze der Dunkelheit. Wie jeder ordentliche Marsch begann auch der ihrige im Morgengrauen, genauer gesagt im Schutze der vielleicht ihr Morgenbrot verzehrenden Patrouillen oder der sich von der Nacht zum Morgen ablösenden Chargen und Wachbediensteten, der alles in allem für ˈverdächtige Bewegungen ein kleinwenig reduzierten Aufmerksamkeit der Soldaten, die bekanntlich in der Nacht so wenig schlafen wie am Tage.

Von dem kleinen Vorort Rodoč aus starteten Pkws im Abstand von einer Stunde. Die von Antonije engagierten Fahrer brachten jeweils drei Personen abwechselnd an zwei verschiedene, rund zehn Kilometer voneinander entfernte Sammelpunkte, durch nunmehr kroatisches Territorium nahe der Tausendseelengemeinde Podgora an der dalmatinischen Küste. Fünfundzwanzig, allesamt männliche Serben im Alter zwischen zwanzig und fünfzig Jahren, wurden auf diese Weise von Mostar an die Adria verfrachtet. Das von den Schleppern angewiesene Staffelverfahren sollte die Wahrscheinlichkeit, unterwegs von irgendwelchen das Gebiet durchkämmenden Einheiten aufgegriffen zu werden, auf jeweils nur den einen Transport beschränken. Sein Ausbleiben wie auch das zufällige Ausheben eines der beiden Verstecke, das Glück der jeweils anderen. Dafür dauerte nur dieser erste Transfer von Mostar nach Podgora einen vollen Tag.

Als Vuk in dem verlassenen Haus in Rodoč eintraf, fand er sich unter Leuten, die, wie er, ihr gesamtes Hab und Gut mit dem wenigen Mitgebrachten vollzählig beisammen hatten. Nicht nur, dass er sich durch die Wendigkeit auf Unvorhergesehenes gut vorbereitet fühlte, das leichte Gepäck war auch Ausdruck eines ersehnten Neubeginns, ohne den Ballast einstiger Besitztümer. Sollen sie bleiben, wo der Pfeffer wächst – eine wie sonst kaum wo gerechtfertigte Phrase, roch es doch im Umkreis tatsächlich, sobald nur ein bisschen grüner oder bewaldeter, nach allen möglichen Gewürzen wie Thymian, Wacholder oder dem Johanniskraut.

Am frühen Abend steuerte ein von der Ferne wegen seiner kranartigen Anbauten, an welchen dann bei näherer Betrachtung tatsächlich Schleppnetze befestigt waren, als Fischkutter zu beschreibendes Gefährt mit halber Kraft die Mole unterhalb des Versteckes an. Jeder war bei Auftauchen des sich hin und her krängenden Schiffchens davon überzeugt, dass es sich dabei um ihr »Taxi« handeln musste. Vukomirs Gefühl sagte noch etwas anderes: Von dem Herannahen gewann das Schiff nicht die erwartete Länge, jedenfalls nicht eine für dreißig Insassen notwendige Länge. Der insgesamt guten Laune tat solcherlei Pessimismus aber keinen Abbruch. Man war froh, die unter Tage jeden Satz und jeden Gedanken beherrschende Ahnungslosigkeit von etwas Belastbarem abgelöst zu sehen. Jedem leuchtete ein, dass es keine Schönwetterkreuzfahrt werden würde – bei bedachtsamer Verteilung des Gewichtes sei es wohl möglich, alle an Bord zu kriegen. Und war nicht das pünktlich zur Dämmerung eintreffende Schiff der erste richtige Beweis einer verlässlich im Hintergrund operierenden Organisation, von deren Geschick alles und jeder abhing?

Erst eine weitere Stunde, nachdem das Boot leeseitig vertäut worden war, erreichte Vuk und seine Genossen das Signal, dessen Wahrnehmung sie allesamt aus der Fixierung des für Stunden sich unverändert präsentierenden Küstenabschnitts befreite. Die nunmehr fast vollständig ausgebreitete Dunkelheit wurde nach Erlöschen des weißen Toplichts mit jedem Meter, den Vuk, der die Gruppe jetzt das nicht ungefährliche Relief hinunterführte, der Anlegestelle näher kam, kräftiger durchsetzt vom Grün des weiterhin strahlenden Steuerbordlichts – dies also das vereinbarte Zeichen! –, auf die zu Fratzen mutierten Gesichter geworfen. Überhaupt quoll nun das Adrenalin förmlich und trieb seine Spielchen, hielt die vor Furcht gelähmten Körper aber einigermaßen in Schwung. Undenkbar eine andere Gelegenheit, zu der man sich an einen Ort wie diesen verirrt hätte! Überall hinterließ er seine eigentümlichen Spuren: für die Nacht ungewöhnlich salzhaltige Böen streuten ihre Fracht auf das Unigrün der Kleider; der ihnen einen nicht zu unterdrückenden Kitzel im Rachen abringende Geschmack von Algen, sodass der ganze Tross, einmal unten angekommen, für die letzten Meter seltsam einmütig hüstelnd in den Laufschritt überging. Am Schauderhaftesten erwies sich jedoch das von dem Schiff herrührende Geklimper allerlei lose herumrollenden Materials, im Rhythmus des Meeres schaukelnder Laternen oder mit den Jahren verzogener und da wie dort aus den Nieten herausgewundener Blechteile, wie es der Wellengang in einem Fort bewerkstelligt. Ein vertrautes allabendliches Schlaflied einer jeden Marina, hier jedoch – nicht am Platz, weder zeitlich noch örtlich – die Vorahnung eines verhängnisvollen Ereignisses.

Die Mannen vernahmen all dieses, und manch einer mag in diesem Moment seine Entscheidung bereut haben, hierhergekommen zu sein. Aber eine Alternative zu dem, was nun folgen sollte, gab es nicht. Zur Umkehr war es zu spät! Und so marschierten zwölf grüne Männchen hier und noch mal dreizehn weiter im Norden am vor der Rampe breitbeinig aufgestellten Kapitän des Schiffes vorbei an Bord.

Wer jemals am eigenen Leibe das Gefühl, am Tode vorbeigeschrammt zu sein, erleben musste, der weiß, welch Schneise es in das Heiligste eines Menschen schlägt, sich keinen Moment lang aufhaltend von den es einhegenden Puffern, wie sie zur Bewehr des ihr angedeihten Wesens es ummanteln. Dabei war doch alles genau so ausgemacht, entsprach es den trüben Vorstellungen, wie es sein würde, wenn … Aber vieles, worüber wir uns glauben, eine Vorstellung machen zu können, ist Konstrukt, Abfolge einer Kette von bestenfalls logisch aufeinander folgenden Ereignissen. Was aber will es schon heißen, wenn ich weiß, dass ich in ein Auto steigen, nach einigen Kilometern wieder aussteigen, warten, ein Schiff besteigen, losfahren werde, wenn dies alles unter Ausschluss des allerwichtigsten, einen Menschen bestimmenden Faktors bloß gedacht wird. Die vermeintlich unfehlbaren Gesetzmäßigkeiten gleichzeitig aber immer und immer wieder überrumpelt werden von dem Irrationalen, das man sich dann einfach nicht erklären kann, weil einem die Gestirne schon wieder artig auf ihren Bahnen kreisen. Ob es einem Menschen bekömmlich ist, wenn er auf ein Schiff steigt und losfährt, lässt sich im Voraus überhaupt nicht untersuchen. Erst der tatsächliche Schritt an Deck, die praktische Erfahrung des die Sinne wechselseitig ausspielenden Schaukelns auf nicht minder festem Gestelle, als es der härteste Karstbuckel böte, will darüber Auskunft erteilen, ob sie sich vertragen oder der Gesichts- mit dem Gleichgewichtssinn vielleicht doch über Kreuz liegt. Die Neigung zur Seekrankheit ist keinem Blutwert, keiner Vermessung von Energiehaushalten, physischen Potenzialen oder sonst einer ablesbaren Größe zu entlocken. Man geht an Bord, fährt los, opfert bei Bedarf dem Träger des Dreizacks eine Flasche Rum und hofft auf gute Winde – und dass der so gnadenlose Schwindel nicht anfängt, sein Unwesen zu treiben. Dann wirft man seinen Anker und begibt sich bei Anbruch der Dunkelheit in eine der Schlafkojen am Bug oder Heck und wird in den Minuten des schwerer werdenden Lidschlags eins mit dem Meer und seinem gleichmäßigen Wellenschlag, dem Schiff – den Begleitern des schönsten sich vorzustellenden Schlummers, sodass der verquere Eindruck, richtig und falsch in Bezug auf das Räumliche wären voneinander nicht zu scheiden, sich bis zum nächsten Morgen in Luft aufgelöst hätte. Und erst das erneute Anlandgehen erzählte einem davon, indem die nunmehr verschwägerten Empfindungen gemeinsam die ganze Welt aus den Angeln hebelten und dem Seefahrer ihm so seine lieb gewonnene Schaukel zurückgäbe.

Vukomirs Version von seiner ersten Schifffahrt klang weit weniger romantisch, wie die Robertos von einem in den 80er Jahren unternommenen Segeltörn unweit von Podgora, genauer gesagt in den Kornaten. Ihm spulte sich ein an vielen Stellen beschädigter Film von der Rolle: an den intakten Sequenzen ein wiederkehrendes Gischten der in den nächsten Wellenberg einfallenden Bugspitze, das ihn eine Nacht lang durchgehend wach und lebendig hielt. Das restliche Material geschwärzt; bis er sich eines Tages wieder daran zu erinnern getraute, dass besagter Film nicht abriss an den dunklen Stellen. Da waren Stimmen, Gestöhne vielmehr. Etwas abseits ein Würgen und Röcheln. Aber kein einziger Lichtstrahl weit und breit. Der letzte Tupfer Farbe, die grün schimmernde Hand vom Strand, verschollen. Nichts mehr auszumachen von ihrer Form, den Fingern, so nah er sie auch vor die Augen führte. Wie war das zu erklären? Beginnen wir damit, dass das Boot, wie von Vuk befürchtet, für keine zehn bis fünfzehn Passagiere Platz bot. Und weil sich die Besatzung zum Manövrieren und Navigieren das Deck alleinig vorbehielt, wurden alle anderen, bis dass die Letzten von der Luke klargemacht waren, unter Deck eingepfercht.

Im Laderaum war es stockdunkel. Kein noch so winziges Bullauge für ein Gefühl des Verbundenseins mit dem Auswendigen, keine Ritze, die sich anbot, etwas Fahrtwind gegen das Heißlaufen der Maschinen abzuzweigen. Langsam arbeiteten sich die ins Kochen geratenen Schwaden bis auf halbe Höhe des Frachtraums empor. Die anfängliche Sprachlosigkeit wich einem von Hecheln begleiteten Ringen nach Luft. Lediglich die Großgewachsenen vermochten auf Zehenspitzen noch an etwas Sauerstoff heranreichen, ehe auch ihnen der Atem stockte. Vuk schwante allmählich, dass mit ihnen, die da auf hoher See in einer bestenfalls mit zwanzig Knoten vorankommenden Nussschale hockten, noch etwas Schlimmes zustoßen würde. Einen Zustand, wie er sich kurz nach Abfahrt eingestellt hatte und der jeden Augenblick unerträglicher zu werden schien, ließ auch seine vergleichsweise gute Kondition nicht so lange wie nötig, eben bis auf die andere Seite der Adria, beherrschen. Bis hierhin und nicht weiter ging er den möglichen Folgen ihrer misslichen Lage auf den Grund. Es reichte, um Vuk über die Maßen zu beunruhigen.

Eine weitere Stunde verging. Das Schiff spurte nun sichtlich mit Mühe durch das rauer gewordene Meer. Hatte es in der Dunkelheit, ohne die Evidenz des im Vergleich zum Horizont niemals ruhenden Untersatzes, zunächst eine Zeit lang gedauert, bis erste Anzeichen bemerkbar wurden, überfiel jetzt die Seekrankheit, so als handelte es sich bei ihr um ein hoch ansteckendes Virus, in kürzester Zeit einen erklecklichen Teil der Mannschaft. Vuk gehörte gottlob nicht zu den Heimgesuchten, bei denen der Wille nichts mehr ausrichtete. Gleichwohl konnte auch er nicht umhin, sich seinem Ekel vor den sich bestialisch ausnehmenden Gerüchen zu ergeben. Das viele Erbrochene besaß eine Schärfe, an die sich zu gewöhnen, wie bei moderateren Ausdünstungen, hier dagegen die Nase kein Mittel fand. So blieben nicht einmal die Hartgesottensten verschont, derweil den wimmernden Kranken noch das Wenige ihrer verbliebenen Würde von der Nässe des an den Hosenbeinen hinunter rinnenden Urins genommen wurde. In der Tat drängten sich bei derlei Torturen abscheuliche Vergleiche mit dem Unvergleichlichen aus jüngerer Geschichte auf. Aber wolle man darüber nicht vergessen, dass es sich bei den hier, von höchster Verzweiflung auf die fünf mal zehn Meter messende Freiheit des Oberdecks Drängenden, um Freiwillige handelte.

Die ersten Versuche, mit der Besatzung Kontakt aufzunehmen, endeten damit, dass das Klopfen mit Durchhalteparolen beschwichtigt, die anschließenden Aufforderungen, sie doch endlich nach draußen zu lassen, von der Besatzung gänzlich unerwidert blieben. Deshalb machten sich einige der Jüngeren, welche noch bei Kräften waren, daran, das Schloss der verriegelten Luke mit ein paar gezielten Fußtritten aufzubrechen. Geräusche sich biegenden Metalls gaben Hoffnung. Sofort schob sich der ganze Pulk zur Türe hin. Man erhob sich, drängelte, fiel auf den Vordermann, der seinerseits auf den Vordermann auflief und so fort, bis nicht das Schloss, sondern die Scharniere überraschend nachgaben und der ganze ineinander verstrickte Knäuel wie von selbst aus dem Unterdeck bugsiert wurde.

Was danach geschah, lag fern jeder Vorstellung, welcher Teufel denn zu Gange gewesen sein musste, eine Tragödie solchen Ausmaßes in die Realität zu setzen. Daran hätte sich wohl auch dann nicht viel geändert, wäre der Zwischenfall kurz vor Mitternacht, an Bord des namenlosen Schiffes nahe der Insel Vis im adriatischen Meer, nicht als Randnotiz ebenso unbemerkt in die Liste der Ereignisse des Jahres 1993 eingegangen wie der Bericht vom umgefallenen Reissack im chinesischen Yunnan. Nahaufnahmen, Live-Reportagen direkt am Ort des Geschehens hin oder her – passierte der schlimmste Alptraum noch in nächster Nachbarschaft, es änderte nichts daran, dass die Couch nicht genau dort bliebe, wo sie sich gemeinhin aufhielte. Immerhin dünkt es wunderlich, dass sich der Betrachter so weit von der Mattscheibe entfernte, als stünden sie an entgegengesetzten Polen des Erdballs. Einfacher gesprochen: Wie anders als durch Betroffenheit stellt sich Betroffenheit ein? Schlimm ist's natürlich, wenn ein paar Leute ertrinken. Noch schlimmer, wenn es gar viele oder junge Menschen sind. Ein kleiner Schuss Hollywood lässt noch vor Kälte zittern. Aber wehe man schaltet den Fernseher aus und legt sich in sein frisch bezogenes Bett!

Dass alles dem Aufbrechen der Türe Folgende sich auf so fatale Weise aneinander kettete, konnten aber selbst die an dem Orte Befindlichen nicht als gegenwärtiges, soeben da hier erlebtes Geschehnis begreifen. Erklärlich, wird das Verwirrnis eines Menschen angerechnet, der so schnell hin und her geworfen zwischen ganz nah und ganz fern, den Abstand oder besser die emotionale Distanz zwischen sich und den Vorgängen in seiner Umgebung nicht mehr einzuordnen vermag. Gerade so, dass sich, wie in Vukomirs Fall, als er die eben noch zuvorderst an der Tür hantierenden Jungen ins Meer stürzen sah, eine mental nicht mehr beherrschbare Unübersichtlichkeit, ja Koexistenz von miteinander unvereinbaren Tatbeständen herausbildete. Nie und nimmer konnte das, was sich vor seinen Augen abspielte, wahr sein! Sogar der nasskalte Sturm war ihm einerlei, man wollte fast sagen, »ließ ihn warm« ;-) Er frierte nicht! Als säße er jetzt in Majkas gemütlichem Schaukelstuhl vor dem Fernseher, obwohl er doch Hunderte von Kilometern entfernt von zu Hause, aber dort wiederum in vielleicht drei Metern Abstand, ein kapitales Verunglücken mitverfolgen musste, welches ihn dann schon nicht mehr betraf, weil das Hin und Her ihn emotional sozusagen in den Orbit katapultierte.

Das war noch der Schockzustand der ersten Minuten, nachdem der ganze Haufen so plötzlich auf das viel zu kleine Oberdeck strömte. Wodurch es die Vordersten immer weiter nach der Reling drängte, bis einer das Übergewicht bekam und zusammen mit zwei ihn retten wollenden Armen hinunterstürzte. Zwar hatte Vuk nur so viel gesehen wie den Wurf eines Schattens. Unverkennbar jedoch das Geräusch, wenn etwas von Gewicht auf Wasser schlägt. Und natürlich die anschließenden Upomoć-Rufe der von Bord Gegangenen, welche nach nur wenigen Versuchen im gereizten Seegang das davontreibende Schiff schon nicht mehr erreichten. Da waren die Letzten gerade dabei, sich durch den schon ziemlich zugestellten Ausgang an Deck zu wühlen. Ein jeder tapste in Unkenntnis des Schiffes auf irgendwelchen Gerätschaften herum, suchte nach Halt und Platz zum Stehen. Weil der kleinen Barke dadurch Schlagseite drohte, fing der sichtlich nervös gewordene Capetane an loszubrüllen. Man solle unverzüglich wieder nach unten verschwinden, sonst würden noch alle absaufen! Doch man widersetzte sich seiner Aufforderung, hielt den Versuchen der Matrosen, einzelne wieder nach unten in den Laderaum zu befördert, stand, das wohl Schlimmere der beiden Übel vermeidend. Inmitten des Gerangels hinein patschte dann neuerlich etwas ins Meer. Alle wurden still und rührten sich nicht mehr. Was war passiert?

»Wir müssen sofort umkehren!« Nachdem er für Minuten einfach nur da gestanden und keinen Laut von sich gegeben hatte, kam Vuk wieder zu sich. »Drei Mann über Bord! Und ich glaube, Antonije hat es auch erwischt!«, schrie er weiter. Doch der Kapitän erwiderte:

»Unter diesen Bedingungen können wir nichts tun! Žao mi je«.

»Drehen Sie sofort um!«, fuhr nun Željko ihn an.

»Nein! Es ist zu gefährlich.«

»Dazu haben Sie kein Recht!«

Aber leider hatte er mit allem recht. Längst hörte man nichts mehr von den drei Jungen. Der abgängige Antonije meldete sich nicht. Das Schiff war schon gut und gern eine Meile von der Unglücksstelle entfernt. Es war zwecklos. Vuk musste noch eine Weile auf Željko einreden, weil dieser mehrmals damit drohte, das Steuer, wenn nötig mit Gewalt, zu übernehmen. Dann begriff auch er, dass es zu spät war. Die restliche Fahrt durften abwechselnd zwei Leute für je zehn Minuten an Deck bleiben. Stumm setzte sich Željko in eine Decke gehüllt achtern, wo er Antonije gedachte, zuletzt gesehen zu haben. In seinem Gesicht ein anderes, nicht mehr nur das Salz des über die Bordkante ab und an hoch spritzenden Meeres.

Der schreckliche Vorfall hatte sie dem Krieg um Vieles näher gebracht, als dass sie es mit der Flucht wohl eigentlich bezweckten. Bevor sie weiter durften, nahm er seinen Anteil auch von denen, die sich bereits in einigem Abstand wähnten. Es dauerte dann auch nicht lange und der Sturm büßte an Kraft ein oder zeigte sich zumindest in der Wahrnehmung der Besatzung vergleichsweise milde und besänftigt. Über die nächsten Stunden blieb es ruhig, sah man vom gleichmäßigen Surren des auf hohen Touren arbeitenden Aggregates ab, welches erst durch Zurücknahme von Leistung wieder in ein wahrnehmbares Knattern überging.

Gemäß des Planes erreichten sie die italienische Küste noch zur Nachtzeit, wie es überhaupt bis hierher nicht schlecht gelaufen war. Im Lichte der Vernunft war der Unfall, trotz des missratenen Bootes, nicht den Schleppern, sondern den an außergewöhnlichen Belastungen zumal auf hoher See doch ziemlich unerfahrenen Reisenden anzulasten. Der schweigsame Kapitän hatte in Anbetracht schwierigster Bedingungen die richtigen Entscheidungen getroffen, von Vuks Überzeugungskraft tatkräftig unterstützt, vielleicht sogar Schlimmeres verhindert. Aber noch während ihm solches durch den Kopf ging, übertönte ein zweites, langsam herannahendes Geräusch eines schaufelnden Propellers den Befund. Womöglich hatten sie die Rücknahme an Fahrt nicht richtig interpretiert und sie diente einem ganz anderen Zweck, von dem noch nicht absehbar war, ob neue Gefahr von ihm ausging oder er die nächsten Etappe einläutete. War es vielleicht die italienische Küstenwache, von der sie zurück in ihre Heimat geschleppt werden würden, weil sie doch zu den Bösen gehörten, zu den Kriegstreibern? Aber wie sollte einer, dem der Begriff nichts mehr sagte und dem selbst nach den noch unverdauten Ereignissen dieser Nacht nicht nach Reue zumute war, so ohne Weiteres in sein Heimatland zurückkehren? Er kann es, wie jedes andere Land wieder zu dem Seinen werden lassen, indem er hinfährt, es begeht, vielleicht sogar wieder ansässig wird und seine Fülle von Neuem zu schätzen lernt. Aber in dem Moment, da der Schwur zerrissen, stülpte das Inwendige sich nach draußen und machte ein baldiges Zurück so unmöglich, weil doch niemand ernsthaft behaupten würde, er gehe zurück in »seine Fremde«.

»Seid doch mal leise! ...«

»Ein zweites Schiff, hört ihr! ... Hört ihr es?«

»Und was jetzt?«, fragte einer aus der Menge.

»Bleibt einfach ruhig!«

Gesagt, spitzten alle die Ohren und versuchten sich durch bloßes Hören ein Bild zu machen. Der Kolbenschlag des nun offenbar zum Rendezvous verabredeten Gefährts konnte immer deutlicher vernommen werden. Es handelte sich demzufolge um ein sportliches, jedenfalls noch gut in Schuss befindliches Schiff, keine zwanzig Meter mehr von ihnen entfernt. Ein bockiges Kurbeln, fast ein Wiehern, begleitet von vereinzelten, nicht serbokroatischen Ausrufen versetzte Sekunden später ihr Boot in ein sanftes Auf und Ab. Der Maschinist hatte die Anfahrt mit ein, zwei Stößen umgekehrten Schubes gebremst und stellte dann, offenbar zufrieden mit dem Ergebnis seines Manövers, den Motor ab. Niemand gab jetzt ein Sterbenswort mehr von sich, niemand schien überhaupt noch zu atmen. Auch draußen auf der Brücke sprach niemand. Einzig der unter ihnen leer laufende Motor brummte wie gehabt zufrieden vor sich hin. (Das »An« und das »Aus« bei ihm in verkehrten Rollen, weil nicht zeitweiliges Rasten, sondern erst der ununterbrochene Betrieb die notwendige Schonung verhieß.) Kurz hatte es den Anschein, als wären sie sogar wieder gänzlich allein im Wasser, befreit von einer zuvor mehr halluzinierten wie reellen Begegnung mit einem unerwünschten Gast ... bis die Boote Seit' an Seit' touchierten, der Schwung von beidseitig angebrachten Fendern abgedämpft.

»Oh Gott«, entfuhr es Vuk, übermannt von der Endgültigkeit einer Tatsache. Und tatsächlich erschrak er dann kaum mehr, als, gefolgt von einmütig ausgestoßenen Seufzern allgemeiner Enttäuschung, hinter der Türe ein uniformierter italienischer Polizist mit einer Taschenlampe hereinlugte. »Aus und vorbei.« »Das war's also.« »Scheiße!«, tönte es durch die Bank. Doch schon

46

beim Antreten an Deck bemerkte Vuk, wie wohlwollend der Kapitän und der Mann von der Küstenwache sich die Hände reichten, sodass es sich also um einen Komplizen handeln musste – geschmiert von den Schleppern, um durch die stark bewachte Küstenregion rund um den Stiefelsporn Gargano mit der besten aller möglichen Tarnungen, nämlich – wie genial war das denn! – an der Hand des Wächters selbst hindurch auf italienisches Staatsgebiet aufzulaufen.

Stunde um Stunde, Tag um Tag blieb es auch danach ein Weiterkommen auf Sicht, und nichts von dem außerhalb dieses knappen Umkreises war Gewissheit, auf die man sich hätte vorbereiten können. Aber gleichzeitig wurde alles das, was auf dem Weg bis in das voralpenländische Venetien, also knapp an die von der Poebene aus weit am Horizont sich auftürmenden Berge der italienischen Dolomiten geschah, begleitet von einem permanenten Sich-Fragen, was als Nächstes käme. Und weil es sich nicht mehr verzog, dieses Fragen, stiftete es eine Monotonie der Furcht, die von der Kameradschaft mehr und mehr als Normalität denn als Ausnahme empfunden wurde. Mit jedem zusätzlich begegneten Fährnis befestigte sich die Gelassenheit eines erfahrenen Abenteurers, dessen Meisterschaft sich aus nichts anderem als der Unvorhersehbarkeit der Entdeckungen schält.

Freilich relativierte sich die Feststellung für die erste Fluchtetappe zu Lande, da der schützende Beschlag noch lose angeschmiedet. Dort stand man die Todesängste immer noch aus, als die Gruppe zum Beispiel nach einer guten halben Stunde Fahrtzeit den rostrot befallenen Bus, der sie an der Küste aufgelesen hatte, in der Nähe eines keinen Dorfes landeinwärts ohne ersichtlichen Grund wieder verlassen mussten. Ausgesetzt auf offener Flur, in einem Land ohne Namen, schlossen hinter ihnen die Türen; der Bus, nach abermaligem Schießen vor den hart eingelegten Gängen, dann sogleich über alle Berge verschwunden. Nichts anderes blieb ihnen übrig, als so lange abzuwarten, bis irgendwer das Weges kam, beauftragt, sie weiter in den Norden zu bringen. Noch war der Hunger nicht eindrücklich genug, war die Verzweiflung schwächer als die Müdigkeit, weshalb es ihnen fern lag, auf eigene Faust zu handeln.

Nach einer Stunde nichtstätigen Wartens meinte schließlich einer der Gruppe mit Namen Lazar, er müsse jetzt gehen, etwas unternehmen. Was zur Hölle er auch suchte, zu Trinken, ein Telefon, das nächste Ortsschild, einen Blick weiter landeinwärts, er vergaß den anderen mitzuteilen, den Erfolg seines Bemühens vom Verstreichen einer bestimmten Zeitspanne abhängig zu machen, nach der er wieder zurück sein wollte. Niemand kam auf die Idee an seiner statt. Im Verlaufe ihres Marsches in Richtung eines bestenfalls zufällig wieder ins Visier geratenen Zieles, vorwärts kommend mehr im Zickzack jetzt, je länger es ging, war es nicht falsch zu behaupten, dass sich in den Köpfen der Kameraden ein Mangel an Vernunft breit machte. Dieser ging einher mit einer sich in Zersetzung befindlichen Wahrnehmung von Zeit. Und sie »drohte« tatsächlich stehen zu bleiben, wofür Lazar das wohl beste Beispiel abgab.

Nicht zuletzt der Leser wird es für bestätigt, ja ein kausales, um nicht zu sagen im Gleichen verhaftetes Phänomen für unbestreitbar halten, dass vom Moment ihres Fluchtentschlusses an sich das Erlebte mitsamt ihrem Dauern gewissermaßen freihändig erzählbar zeigte und das Abbremsen des zeitlichen Vergehens vielleicht sogar deshalb als geronnene Geschichte zu bezeichnen wäre – als ob etwas Wesentliches eben nur dort entstünde, wo Uhren das Ticken verlernen.

Was Lazar betraf, so wurde er nicht mehr wieder gesehen, denn zur Überraschung aller kreuzte bei hoch im Zenit stehender Sonne doch noch ein Laster auf, der sich als jener Weitertransport zu erkennen gab, mit welchem nun endlich wieder »eine Richtung« eingeschlagen werden durfte. Der Kundschafter aber, der Einzige, der etwas gegen den Stillstand unternahm, der im Dorf oder wo auch immer nach einem Anknüpfungspunkt gespäht hatte, übersah die Gelegenheit. Nach einer Weile, es mochte eine halbe Stunde des Hinhaltens gewesen sein, legte der Fahrer sein zerknittertes Magazin beiseite, drehte den Zündschlüssel, und der Laster fuhr in schweigendem Einverständnis der Gruppe fort.

* * *

Nicht einen Augenblick ließ Vuk den kleinen Salamander aus den Augen. Er beobachtete auf dem steinigen Boden liegend, wie das Tierchen seinerseits die in den Steinen vom Tage gespeicherte Wärme mit seinem Bäuchlein auffing, indem es ihn mit seinen abgespreizten Beinen einen Fingerbreit hochhielt. In dieser Haltung schien der Salamander wie versteinert, bewegte sich jedenfalls nicht einen Millimeter, seit Vuk begonnen hatte, ihm zuzusehen. Dieses genüssliche Nichtstun erstaunte ihn. Er hielt es nicht für nichts! Im Gegenteil war eine unnachahmliche Erregung in dem Amphibienkörperchen auszumachen. Dadurch, dass er all seine Energien in den äußersten Gliederspitzen bündelte, manifestierte sich eine Gespanntheit, die in der Konstanz derselben noch einen fernen Zusammenhang zwischen ihm, dem Stein und den Gegenständen rundherum preisgab. Vuk konnte nicht aufhören, über ihn zu schmunzeln. Es war diese eine nicht zu übersehende Bewegung, welche das Tierchen dann doch ab und an vollführte, die ihm so gefiel; von der es schien, dass er zum Zeichen des Verständnisses immer dann ein beidseitiges Rollen der winzigen Äuglein erwidert fand, wenn Vuk sozusagen in der Sprache der Salamander es anzüngelte.

Die Unterhaltung mit dem langschwänzigen Kumpanen ließ ihn darüber vergessen, wo er sich mittlerweile befand und dass es bei dem Zwischenstopp irgendwo zwischen Castelfranco und Asolo im Südwesten der Provinz Treviso, rings um ihn herum eigentlich ein beeindruckendes Panorama zu bewundern gab. Wohl mochte ihm die grenzenlose Weite der Pianura Padana nicht ganz geheuer vorgekommen sein; eine Fläche ohne jeden Anstoß an einer Begrenzung nehmend, wie es anders die rund um Mostar einen Kessel bildenden Berge taten. Ganz nach dem Motto, wer außer seinem Käfig nichts kennt, der scheut noch bei geöffneter Tür den Schritt hinaus. Vielleicht lässt sich allein deswegen eine gewisse Starrköpfigkeit bei den innerhalb ihrer natürlichen Grenzen hausenden Talschaften nicht von der Hand weisen, wie anzumerken es hier den ausgesprochensten Reiz besitzt, dass jegliche Kultur der Beschränktheit, Uniformität, Alternativlosigkeit und so weiter, so sehr sie sich auch das Gegenteil dessen auf die Fahnen heftete, nach Jahrzehnten ihres Wirkens zu demselben Behufe anschöbe. Die an kein Ende heranreichende Landschaft, sie gefiel Vuk jedenfalls nicht sonderlich.

Richtung Süden präsentierte die Po-Ebene sich in voller Pracht. Eine den gesamten Gesichtskreis beherrschende Linie ließ die Krümmung der Erde erahnen. Sie trennte das von wenigen Bäumen gesäumte Geflecht aus mehrheitlich grünen Feldern, jene durch das Braun gepflügter Ackerkrumen und hellen Siedlungseinschlüssen, sodann den Landstrich scheckig malend vom insgesamt matt weiß geschichteten Himmel, dahinter sich ein paar Wolkenfetzen erstreckten. Die Kante des Horizonts wirkte vom Dunst des diesigen Wetters aufgeweicht, wie wenn sich der Himmel eine Auszeit gönnte und mit ausgebreiteten Armen sich in sein flauschiges Bettchen legte. Im Norden prägten die Colli ein ganz anderes Bild. Zwar versteckten die Schnee verhangenen Gipfel sich noch hinter den Ausläufern, aber schon die auf dieser Seite weitaus dichter gestaffelten Wolkenverbände verrieten sie und das ihnen nachfolgende Gebirge, welches in vergangenen Epochen immer mal wieder den Besitzer gewechselt und heute zu einem Gutteil auf italienischem Territorium seine Zugehörigkeit gefunden hat; wenngleich der Begriff »Alpenland« noch heute zuallererst mit Österreich oder wahlweise mit Tirol verbunden wird.

Mit Auftauchen des vorgelagerten Hügellandes war Euphorie in der Gruppe aufgekommen. Keine überschwänglich gefeierte. Ein Lächeln hier, da ein kleiner Scherz, geschlossene Augen dort wieder, versunken in Fantasien voller Wehmut und Hoffnung. Nicht mehr lange, und sie würden das Niemandsland zwischen dem Gestern und einem gefühlten Steinwurf entfernten Morgen hinter sich gelassen haben. In vielerlei Hinsicht vermeldete das aufreizend schöne Buckelland bis zur Piave und weiter daran anschließend die stolze Strada del Prosecco mit ihren wie hinunterstürzenden, weil geschickt an den abschüssigen Hängen befestigten Weindörfern den Anfang vom Ende ihrer Reise, oder das vorläufige Ende vom Anfang einer sie im wahrsten Sinne des Wortes mitnehmenden Veränderung. Der kleine Rest an Verunsicherung angesichts der unbequemen Strecke über die steilen, zu Alpenpässen umfunktionierten Versorgungsrouten des ersten großen Krieges sowie einem noch anstehenden, letzten Grenzübertritt gehörte bei der Verabschiedung von seinem lieb gewonnen Freund, dem Salamander, nicht zu den lautesten Stimmen in Vukomirs Über-Ich. Cassandra schwieg! Doch änderte sich das schlagartig bei Ankunft in der kleinen Stadt Vittorio Veneto am äußersten Rand der oberitalienischen Tiefebene.

Der geschichtsträchtige Ort sitzt als Pfropfen im Eingang der südlichen Alpen; der in den Talfalz fingernde Fortsatz im Norden nennt sich Servalle und repräsentiert den älteren Teil der Stadt. Nur wenige Meter stehen hier die Häuserfluchten beidseits der Hauptstraße, damit nichts länger wie nötig eindränge in ihr graubraun getünchtes Jahrhundert. Über die Epochen hatte das in der eiszeitlichen Gletschermoräne eingeschlossene Inventar offenbar nicht genügend Luft zum Atmen erhalten, drängte wohl auch deshalb spürbar nahe aneinander. Die so im Verwesen begriffenen Fassaden äugten alles andere als freundlich in das angespannte Gesicht Vukomirs. Er konnte die sich hoch und nieder, dann wieder die Taille auseinander- und zusammenfahrenden Häuser durch einen Schlitz der Aufliegerplane beobachten, wie sie auf ihren Säulen mitten auf der Straße hockten; nicht für Menschen schienen die Lauben hier gemacht. Stattdessen war ein Rudel schwarzer Katzen wie verrückt mit irgendeinem in die Falle geratenen »Spielzeug« beschäftigt, was den Kameraden, bei dem dann doch noch ausgebüchsten maus- oder marderartigen Getier, das wenig nachgefragte Vergnügen eines erbärmlich um sich fauchenden Katers einbrachte. Bei der Verfolgung hatte er sich, verwunderlich genug, durch eben jenen Schlitz in den Laderaum verirrt und wütete sodann erst recht toll durch den aufgeschreckten Haufen. Ein Furchtloser machte dem Spiel ein Ende, ergriff den beißenden und kratzenden Wüstling, nicht ohne Schrammen davonzutragen, schaffte es aber, ihn über die Rampe wieder zurück auf die Straße zu befördern. Der so Entfernte haute dann, soviel konnte man den noch im Spurt ausgefahrenen Krallen entnehmen, mit einem scharfen Haken um die nächste Ecke ab.

Zunächst nach dem ersten König Italiens benannt, bekam Vittorio einige Jahre nach Ende des II. Weltkrieges, in Erinnerung an die legendäre dritte Piaveschlacht, zusätzlich den Namen der Region verliehen. Warum aber gerade Vittorio Veneto zu einem derart wichtigen Staatssymbol erkoren wurde, war zumindest seinem düsteren Erscheinungsbild nicht zu entlocken. Dieser Ort erzählte von Ereignissen, welche in der von Schmerz und Tod verseuchten Senke, die vom Resultat Begünstigten zu einer Nation zusammenschweißten, nicht durch Zeugnisse. Vielmehr durch die bedrückende, ja beängstigende Stimmung zweier ganz natürlich voneinander geschiedener Landschaften. Hier das Bergland, dort das beginnende Flachland. Als Handreichung dazwischen die Übergabe des von den Bergen auf Vittorios Mühlen herabstürzenden Quellwassers. Wo sonst, wenn nicht hier, die Notwendigkeit auch einer politischen Grenze. Und welcher Staat sich wo immer auch nordwärts anschloss, das Fehlen einer solchen, noch dazu die weit über die natürliche Scheide sich hinausschiebenden Berge; all dies warf einen dunklen Schatten über die Region, Vittorio und seine von Dolinen umsäumten Schauplätze grausamster Schlachten.

Mit einigem Geschick steuerte der Fahrer durch den mehrmals neunzig Grad ums Eck drehenden Stadtkurs, vorbei an der Piazza

Flaminio, Vittorios nördlichstem und zugleich engstem Zipfel, wo man durch eine Klause die Pianura Padana endgültig verließ. Von da an bestimmten die Täler den weiteren Verlauf der Strecke. Über die Baumgrenze hinausstechende Felswände säumten mit jedem erklommenen Kilometer zusehends die Straße, die obersten hundert Meter im Allgemeinen von den bereits aus der Ferne beobachteten Wolkenfeldern eingehüllt. Vuk gierte jetzt förmlich nach dem wenigen, von der Plane nicht zurückgehaltenen Licht. An jeder Kehre, hinauf nach Cortina d'Ampezzo, entzerrte sich das bis dorthin von Zeitraffer unkenntlich gemachte Bild in ein von Podgora her vertrautes Leuchten der dann für Sekunden vom Guckloch festgehaltenen Bäume. Das durchgängig bewaldete Gelände machte hier keine Pause. Ohne es ein strahlendes zu nennen, war es doch ein fröhliches Grünen eines unwahrscheinlichen Reichtums einzig und allein dieser einen Farbe. Die etwas selteneren Laubbäume zuständig für die hellen Pinselstriche in dem an und für sich in dunklere Grundierung getauchten Mischwald. Aber für die wieder einmal im Halbdunkel ausharrenden Männer waren es vor allem die gleich neben der Straße hinunterstürzenden oder, gut versteckt, von der Sohle eines Kerbtales emporhollernden Bäche. Wasser gab es hier schon immer zur Genüge. In den Dolomiten erschloss es seine eigenen Läufe. Wurde umso stürmischer, wenn es teils künstlich, teils gleich überlasteten Straßen aufgeschwemmt sich zwischenzeitlich eingesammelt fand.

Am Ufer des Lago di Misurina, unweit von Cortina, hielt der Wagen an. Der Fahrer sprang aus dem Führerhaus und schmiss die Tür ziemlich grob ins Schloss – Zeichen dafür, dass etwas nicht stimmte. Denn eigentlich wollte man bis zur Grenze nicht mehr anhalten. Wenn also der Wagen nicht eines Gebrechens wegen der Weiterfahrt gehindert wurde, konnte er lediglich von dritter Seite aufgehalten worden sein. Vuk hatte noch nicht zu Ende gedacht, da begannen sich die Ereignisse bereits zu überschlagen. Offenbar glaubte der Carabiniere, gefunden zu haben, wonach er gesucht hatte. Während bereits erste »Freundlichkeiten« ausgetauscht wurden, sprang eine weitere Person vom Führerhaus nach hinten zur Laderampe und öffnete, die Übung aus dem Effeff beherrschend, mit ein paar geschickten Handgriffen die rückwärtige Plane. Wie schon einmal, bei Ankunft am Golfo die Manfredonia auf der italienischen Seite der Adria, überraschte Vuk auch dieses Mal der Anblick eines Uniformierten nicht besonders; zumindest blieb es ihm im Gedächtnis haften, dass er seinen Augen nicht traute, als er sah, wie sich hinter dem Polizisten der viele Schnee dem dampfenden See anschmiegte. Selbst im Wasser schwamm noch eine dreckige Schicht aus Schnee und Eis, von welcher sich ein dicker Schleier herausschälte, der das am anderen Ufer liegende Grand Hotel von Misurina mit seiner gelblichen Fassade fast vollständig verhängte; wie überhaupt sich die Aushebung des Flüchtlingstransports unter Ausschluss der ansonsten hier so gut wie alles und jedes in Gewahr nehmenden »Drei-Zinnen-Öffentlichkeit« stattfand.

Von Beginn an ließen die Polizisten, Krieg hin oder her, keinen Zweifel daran, dass eine Straftat gegenüber der Republik und ihren Bürgern vorliege, und sie sich deren Interessen nun unmittelbar anzunehmen gedachten. Dass keiner etwas von den Kommandos verstand und sie es deswegen nicht sofort ihnen gleich taten, etwa einen Schritt beiseite zu gehen, eine Reihe zu bilden oder die Hände sichtbar auf den Kopf zu legen, stachelte die beiden zusätzlich an. Wodurch sich das Geschrei mehr und mehr von einem Hin- und Hergeschupse begleitet sah, bis endlich alle in Reih und Glied aufgefädelt dastanden. Einer der Älteren, er hieß Radovan, trat vor und versuchte in einem Englisch, das aus seinem Munde mehr nach einem Russisch klang, ein paar Sätze anzubringen, ungefähr so: »Please understanding us situation no good.« Aber anstatt des erhofften Verständnisses erntete Radovan einen satten Hieb auf die Schläfe. »Zitto!« brüllte der dafür Verantwortliche. Mit nervös erhobenem Schlagstock signalisierte der kleingewachsene, junge Mann mit auffallend gebogener Nase und einer vorgewölbten, vielleicht vom oftmaligen Genuss von Kautabak verformten Unterlippe mit jedem anderen das Gleiche wiederholen zu wollen. Aber die mühsam eingestellte Ordnung hatte sich angesichts des mit Platzwunde am Schädel halb bewusstlos im Schnee liegenden Kameraden längst wieder in ein bienenstockartiges Kommunizieren nach allen Seiten verloren. Vielleicht begriffen die Polizisten in diesem Moment, dass sie sich unter gewissen Umständen, dann nämlich, wenn sich die zwanzig Serben einig wären, mit einer konzertierten Aktion mühelos über sie hinwegsetzen könnten. Gegen solcherart Psychologie würde dann nur noch der Einsatz von Gewalt etwas ausrichten. Aber noch war es nicht so weit. Die vernünftig Gesinnten fassten buchstäblich mit an, versuchten, die abtauschend mal hierhin mal dorthin Springenden zu kalmieren; schlichteten sie wie Figuren zurück an ihren Ausgangspunkt, etwa so, als würde eine halb entfaltete Schachpartie rückwärts in seine Eröffnung zurückgespielt; so schafften sie es letztlich sogar, die ursprüngliche Ordnung wieder in Stand zu setzen.

Wie er vor ihnen lag, erinnerte Radovan an eine mit weißer Kreide eingefangene Silhouette eines Ermordeten: den Kopf halb zur Seite gedreht, das linke Bein abgewinkelt, die Arme natürlich kreuzgängig von dannen gestreckt. Aber Radovan bewegte sich zum Glück noch, scharrte in der porösen Kruste, welche den vom letzten Winter übrig gebliebenen Schnee unter sich konserviert hatte. »Tuo, avanti!«, erging die Aufforderung des krummnasigen Polizisten an Vuks Adresse, dem Verletzten auf die Beine zu helfen. Dabei schnappte die Unterlippe bei jedem »P« elastisch wie eine Feder vor und zurück. »P-resto, p-resto!« Derweil sich die Aufmerksamkeit auf den langsam wieder aufrappelnden Radovan richtete, nützte der zweite Beamte die Gelegenheit, sich an den Streifenwagen, genauer, zur Anforderung von Unterstützung an den Polizeifunk heranzupirschen. Er wäre unbemerkt geblieben, hätten die Polizisten es in der Hektik nicht unterlassen, den Anteil des Fahrers an der verbrecherischen Tat entsprechend zu würdigen, weshalb dieser, etwas abseits von der restlichen Anordnung zum Stehen gekommen, das klammheimliche Zurückziehen sofort durchschaute. Eine fatale Unachtsamkeit! Denn hinter dem immer noch die Gruppe in Schach haltenden Agente wurden, von ihm unbemerkt, die entscheidenden Handzeichen vollführt, welche seinen Untergang anbahnten. Augenzwinkern in der Parade. Die Zeit drängte. Ein kurzer Funkspruch an die Zentrale, und die Grenze wäre unpassierbar.

Als Erstes warf sich der aus totem Winkel heranpreschende Fahrer mit seinen gut und gern hundert Kilo, die er auf die Waage brachte, in den Ring. Was durch eine Waffe zu vereiteln gewesen wäre, drückte den jetzt noch um einiges kleiner wirkenden Polizisten mühelos zu Boden. Weitere Körper stürzten sich auf ihn, erbeuteten Pistole und Schlagstock. Wieder andere zögerten. Sie waren nicht minder überrascht von dem Coup, weil sie, im Blickfeld des Polizisten gestanden, nichts vom Abkarten mitbekommen hatten. Auch Vuk, der noch bei Radovan kniete, begriff nicht. Dann rief einer: »Schnell! Schnell!«, und deutete auf den Ertappten beim Streifenwagen, der sich offenbar schwer tat, für den Funkspruch oder in den verbleibenden Sekunden sich doch noch für das Ziehen einer Pistole zu entscheiden. Nur ein verschwindend kurzes Zögern, das (vielleicht?) die vielen kleinen, auf ein notwendiges Ereignis hinführenden Entscheidungen neutralisierte, den (vielleicht?) etwas präsenteren Instinkt am Lago di Misurina obsiegen ließ, gab jetzt den Ausschlag: Wenig mehr als der unterbrochene Versuch, in einen (vielleicht?) nur toten Kanal die Versatzstücke eines Codes zu plärren, blieb, ehe ein halbes Dutzend Paar Hände aus allen nur denkbaren Taschen, das, was nicht niet- und nagelfest am Leibe des Polizisten halfterte, an sich rissen.

Der Fahrer hatte es nun eilig. Aber trotz der zahlreichen Flüche auf seine ruppige Lenkarbeit, verübelte ihm niemand, dass er die Spitzkehren so schnell er nur konnte hinunterraste. Schließlich schwebte ein Damoklesschwert über ihrer aller Häupter, von dem niemand genau wusste, wie dick das Seil, an dem es baumelte, tatsächlich wäre oder ob es nichts weiter als von grundloser Furcht aufgehängt und geschliffen ward. Vuk bekümmerte nicht die Sorge um eine Straßensperre oder eine weitere Herausforderung, die sie am Ende – so meinte er mittlerweile ihr Schicksal zu deuten – dann doch wieder überstehen würden. Zurück zum Lago, alles schien unter Kontrolle gewesen, die Polizisten gestellt, entwaffnet. Wie aber sicherstellen, dass sie für die nächste Stunde von der Bildfläche verschwanden? Dass sie weder von Passanten aufgefunden noch auf andere Art und Weise auf sich aufmerksam machen konnten? Darüber war man sich uneins, und in dem kleinen darüber entbrannten Streit startete der beleidigte Hitzkopf eine ungestüme Aktion, vermittels der er etwas von der erlittenen Demütigung wieder gut zu machen suchte.

Er lief ans nahe gelegene Ufer, wo er sich einen scharfkantigen Felsbrocken dienstbar machte, ihn dem nächst besten einfach in die Gebeine donnerte – Vuks mittlerweile auf das Doppelte angeschwollene Wade. Damit nicht genug vergaß das Männlein über dem Siegestaumel das an der Seite dampfende Gewässer. Die weit aufgerissenen Augen verrieten die Überraschung, als er in der Folge eines unbedachten Schrittes unter den Füßen keinen Boden mehr vorfand. Etwas anderes hatte sich seines Körpers bemächtigt. Eine Schwere, die nichts mehr gemein hatte mit der Schwerkraft, wie wir sie kennen. Kaum lichteten sich die Luftbläschen, sah man ihn sich ungebremst dem Grunde nähern.

Man holte ihn herauf, bevor ein echtes Unglück geschehen konnte. Ein Häuflein Elend, saß er sodann schlotternd am Ufer, mit sich und der Welt im Unreinen, aber nicht mehr fähig, dem etwas entgegenzusetzen. Man einigte sich schließlich, den Streifenwagen abzusperren und dem Beispiel des unfreiwilligen Tauchers folgend den Schlüssel im See zu versenken. Die beiden Carabinieri nahm man ein Stück mit des Weges und setzte sie bei einsetzender Dämmerung getrennt voneinander in dem Wald aus, durch den sich nun das letzte Stück der Hochalpenstraße hindurchschlängelte.

Wenig mehr der Worte bleiben noch, die Geschichte von Vukomirs Flucht bis an ihr Ende zu erzählen. Wo sich manche jetzt, so nicht vor vielen Seiten schon, die Frage stellen, was das alles sollte? Wofür der Umweg? Sie mögen es nachsehen, wenngleich sich die Länge des Berichtes aus der Not heraus ergab, weil das Verheimlichte die unangenehme Angewohnheit besitzt, recht unerwartet in den Tag zu stoßen. Womit dann jene angesprochene Not entfacht, die allein vom ruhigen Erzählen abgewendet würde, oder besser, von der noch nicht einmal die Rede ginge, weil doch alles Wichtige zur Sprache kam: unsere Herkunft, unser Werden, unsere Prägungen, unser »Jetzt«, welches sich mitnichten von dem »Damals« trennen lässt. Also steht Vukomir jetzt vor uns, verstanden! Und was wissen wir andererseits von Roberto? Wer ist er eigentlich? Verdammt und zugenäht … ha, ha, das passt! Hat für sich »Das Ende« proklamiert. So meinte er es jedenfalls, obgleich der Einfluss, den er nahm, ein wenig mehr war, als ihm zustand zu behaupten. Aber was blieb ihm auch anderes übrig, als seinen wild gewordenen Rössern hinterdrein zu hecheln? Keine Zeit, Rufzeichen. Sie rast nur so dahin. Nein! Steht still. Ja, wie denn nun? Ist's wichtig? Im End' zählt nur der Sieg! Da lohnt sich's zu vergessen. Verdammt und zugenäht. Ja, hierher! Ein verdammter Auftrag mehr, damit bloß keine Lücke klafft, durch die »was sichtbar würd« vom anderen End (dem Anfang).

* * *

»Hast schon g'hört, Roberto? An der Grenze, da gibt's wieder was zu holen! Rüber wollen's – zwanzig und ›was Serben! Wär‹ doch was für dich! Es soll eine beträchtliche Provision dabei rausspringen. Und ist's nicht auch für eine gute Sache? Denen ging's zu Haus' bestimmt ganz dreckig.«

»Wer sind die Auftraggeber?«

»Bauunternehmen. Die hätten was frei für zwei Dutzend. Wollen was hochziehen, für das Gevatter Staat nix locker macht.«

Zum Zeitpunkt dieses Gespräches stand Roberto in Diensten eines Lobbyistenverbandes, war dort nichtsdestoweniger fleißig an nur bedingt attraktiven Projekten federführend beteiligt. Allein sein unbefriedigter Eifer machte ihn empfänglich für bestimmte zwischen Tür und Angel kursierende Gerüchte; nicht für die Öffentlichkeit bestimmte Aufträge offeriert von namentlich nicht weiter bekannten Hintermännern.

Man hat sich das Lobbyieren für die kleinen und großen Gefälligkeiten bis hin zur offenen Umgehung staatlicher Bürokratie vorzustellen als ein durchlässiges Biotop, wo das öffentliche mit dem privaten Interesse fließend ineinander übergeht. Ein Graubereich gemeinsamer Vorteilnahme, Kalkül sich endlos perpetuierender »Win-Win-Situations«, nur dann und wann durch ein Skandälchen ans Licht gebracht. Bei so selbstverständlich gewordenem Handel war es schwer, auch nur im Entferntesten an Korruption zu denken. Zwei Jahre dauerte es, bis Roberto Recht von Unrecht nicht mehr zu unterscheiden wusste.

Mit seiner Zusage, besagte illegale Arbeitskräfte ungesehen über die italienisch-österreichische Grenze zu schleusen, ergänzte er nichtsahnend ein ephemeres Netzwerk, das Akteure in beträchtlichem (nicht nur territorialem) Abstande voneinander an ein und derselben Aufgabe beteiligte. Doch hätte es sich nicht anders vollzogen, so nicht er sich dazu bereit erklärt hätte! Der oder das hierfür Verantwortliche würde immer einen Willigen finden, der das Gewerke mit ankurbelte. Weshalb? Und von wem oder was ist hier eigentlich die Rede? Man stelle sich vor, die „Stille Post« zurück zu ihrem Urheber zu verfolgen, von Roberto über seinen und dessen Informanten weiter zu den Schleppern, der geschmierten Guardacoste, bis nach Mostar; es würden alle diese Quellen ausgehoben, die Zwiebel gehäutet bis hinunter zu ihrer letzten Schale – die Spuren wären allesamt im Sande verlaufen! Handel, zumal der vor Grenzen nicht halt machende »freie Handel«, benötigt keinen Urheber. Er IST aus der ewigen Sucht des Miteinandertuns. Menschen suchen und finden einander immerfort! Die Griechen nannten sie »Eros«. Bei Aristophanes heißt es, die an Kraft und Stärke gewaltigen Menschengeschlechter drohten die Übermacht über die Götter zu erlangen. Zeus kam ihnen zuvor und schnitt sie in zwei Hälften. Seither drängen die so Gebändigten zueinander und stiften als »Lebenstrieb« ihr gutes und böses Werk. Und weiter: »Nur gegenüber den Göttern soll man anständig bleiben. Ansonsten bleibt zu befürchten, dass wir noch einmal gespalten werden und herumwandeln wie die Menschen auf den Grabreliefs, über die Nase weg durchgesägt, geteilt wie ein Würfel.«

Ein Blick auf den Kalender erinnerte Roberto daran, dass beide Projekte, an denen er zurzeit mitwirkte, auf Hochtouren liefen und seine Anwesenheit in keiner anderen Phase so erforderlich war. Warum er ausgerechnet für die nächsten zwei Wochen wegfahren müsse? Bei den Sektionschefs stieß die Anfrage erwartungsgemäß auf Erklärungsbedarf. Aus welchen Gründen auch immer, zeigte sein Insistieren Wirkung: Nach der Zusage, Liegengebliebenes, und sei es rund um die Uhr, einarbeiten zu wollen, bis alle Ampeln wieder auf Grün sprängen, bekam er, was er wollte. Ein paar an seinen Schreibtisch geheftete Notizen und Erinnerungsbrücken später war er auch schon zur Tür hinaus. Für Übermorgen wurde er in Sillian am Fuße der Villgratner Berge erwartet. Bis dahin musste er sich um alles Weitere gekümmert haben.

* * *

Kurz vor Winnebach bogen sie in einen nach und nach von Asphalt über Schotter auf Erde sich verlegenden Forstweg ein. Alsbald verschwand der sich hochzitternde Laster hinter den dichter werdenden Baumbeständen, kroch dann als dampfendes Ungeheuer geduckt einige hundert Meter weiter hinauf, bis es sich auf die Lauer legte oder einschlief, aus der Distanz jedenfalls nicht mehr wahrgenommen werden konnte. Einige Kilometer zuvor, in der Nähe der Marktgemeinde Innichen, hatte es sich bewahrheitet, dass der Polizist in Misurina keinen brauchbaren Funkspruch mehr hatte absetzen können. Ein dort positionierter Kontrollposten machte keinerlei Anstalten, die Verfolgung aufzunehmen, wie er es bei ereiltem Fahndungsaufruf wohl getan hätte.

Bevor es restlos dunkel wurde, verschanzten sich die Kameraden hinter einer Geländekante mit Blick auf das, was nach Auskunft des Fahrers keine fünfzig Meter weiter der Grenzzaun sein sollte. Jetzt, so kurz vor dem Ziel, hörte man seinen Herzschlag – und den des Nachbarn. Feuchtkalte Waldluft kroch in die Ärmel, genauso wie die auf dem Waldboden jetzt arbeitenden Ameisen. Grundbedürfnisse machten sich wieder bemerkbar. Bilder von sprühenden Duschköpfen, schmutzigem, in den Abfluss rinnendem Seifenwasser, von Schaumbärten. Einigen brannte es unter den Nägeln, gleich hier und jetzt die leichte Übung eines Sprunglaufs zu vollführen. Aber sie wussten auch, dass sie noch einmal der Hilfe eines Vertrauten bedurften, der sie zunächst hier rausführen und, viel mehr noch, in der Folge Bescheid wissen sollte, wo sie an den Organen der Exekutive vorbei unterkommen, arbeiten, leben konnten.

* * *

Ein bisschen verfluchte Roberto den bewaldeten Teil des Köckbergs hinauf über unsichtbares Wurzelwerk. Jeder unsichere Tritt verdeutlichte ihm die Abnützung seiner rückwärtigen Stoßdämpfer, weil er entweder zu früh auf etwas oder eben zu früh auf noch nichts und zu spät auf wiederum den unabsehbaren Erdboden landete. Pures Gift! Angefangen hatte es am Morgen, noch als Traumerlebnis eines in verworrenen Bildern suggestiv eingearbeiteten Unwohlseins. Unter Tage brannte der ganze seelische Schutt dann lichterloh in einem winzigen Punkt. Durchwegs konnte er an nichts anderes denken, als an seinen Rücken. Auf der Fahrt über den Felbertauern stand er unter Zwang, das

61

Becken, dann wieder die Brustwirbelsäule immer wieder gerade zu biegen, bis ihm die orthopädisch einwandfreie Sitzhaltung nach wenigen Minuten so zuwider ging, dass er wiederum in die schlimmste aller Lümmeleien verfiel. Zu spät war er deshalb keinesfalls. Punkt 22 Uhr kam er zur vereinbarten Stelle bei Sillian. Obwohl er weder ihr Vorankommen dokumentiert, noch ihre Ankunft bestätigt wusste, hantierte er bedenkenlos. Als hätte die von ihm in Empfang zu nehmende Flüchtlingsgruppe durch nichts verspätet sein können, schnitt er zuletzt noch ein zwei mal zwei Meter großes Loch in den Zaun, setzte sich nach getaner Arbeit auf den Boden und wartete.

* * *

Plötzlich tauchte ein nervös zappelnder Lichtkegel vor ihrem Versteck auf. Nachdem er aus- und ein zweites Mal erneut angeknipst wurde, verständigte man sich darauf, zwei Leute hinüberzuschicken. Gespanntes Warten. Dann wieder ein Signal, ein kurzes Aufblinken der Taschenlampe, welches von da an im Minutentakt ein weiteres Paar zu sich herüberholte. Vuk war als Letzter an der Reihe. Er bedankte sich beim Fahrer. Dann machten sie sich in unterschiedliche Richtungen auf und davon. Vuk rannte einbeinig bis kurz vor den Zaun, dahinter eine Person in gebückter Haltung stand – Roberto schaltete erneut seine Taschenlampe ein – Vuk steckte seinen Kopf durch die Öffnung im Gitter – Roberto streckte ihm die Hand entgegen – Vuk erwischte im Durchschlüpfen nur die Finger, vergrub die Hand dann im Nachfassen aber fest in seinem Handteller. Das Erste, was ihm auf österreichischem Staatsgebiet begegnete, waren die müden Augen des Mannes, der sich ihm sogleich als eben jener Roberto vorstellte.

3

Das Portal des Innenhofs. Wie so oft in diesen Herbstwochen machte Roberto dort kehrt und hockte sich dann für den Rest des Abends auf die unweit des Portals in den ersten Flügel hinaufführende Treppe. Das Grau in Grau des rundum eingepackten Himmels unterstrich seine schlechte Verfassung, die für mehr als die kleine Runde im Hof nicht vorhielt. Doktor Falks Behandlungen hatten nicht recht angeschlagen, weswegen er nach einigen Sitzungen nicht mehr hinging. Er meinte sich dadurch einen Mehrwert zu sichern, vergeudete, durch sinnvoll belegte Zeit ersetzen zu können. Stattdessen verlor er auch noch die übrigen Tage, an denen er ein wenig von der abhanden gekommenen Leichtigkeit abbekam.

Was an den Abenden der Rundgang, war das Abpassen des Briefträgers vor Anbruch des Tages. Er wollte es unbedingt mitbekommen, wenn er Post bekäme, wollte dem jungen Mann in gelben Streifen den heiß ersehnten Umschlag, wenn möglich, im Ansatz entreißen: »Voll des Lobes für Ihr Werk – Erwarte Sie demnächst zu einem Gespräch in meinem Haus betreffend die Modalitäten einer Veröffentlichung – Prof. Sonntag.« Stattdessen blieb Post in der Regel aus. Selbst Abonnements schafften es auffallend selten zum Erscheinungstag in Robertos Hände, der sich dieses Umstandes wegen fast noch ärgerlicher zeigte, als des insgeheim befürchtete Ausbleibens einer Antwort des Professors.

Die wenige Zuversicht schöpfte Roberto aus den prächtigen Rottönen eines original Perserteppichs, den er gerade noch rechtzeitig vor dem Kollegiumstreff auf des Professors Flur verlegen konnte – dessen Abkunft blieb freilich sein Geheimnis (nur dass es nicht mit rechten Dingen zugegangen sein konnte, zumindest das durfte aus seinem Schweigen gefolgert werden!). Doch die Erwartungen, welche er an den Perser geknüpft hatte, sie verblassten mit jedem Tag, da sich Vukomirs Skepsis zu bewahrheiten schien, der Professor würde es ernsthaft in Erwägung ziehen, ein vielleicht bemühtes, jedoch abseits akzeptierter Methoden entstandenes Werk eines noch dazu unbeschriebenen Autors zu protegieren. Und so wiederholte es sich denn allmorgendlich in etwa auf folgende Weise: Sich aufschaukelnde Enttäuschung beim Anblick der links wie rechts in alle anderen Schlitze, nur nicht in den seinen, eingeworfenen Sendungen, Umschlagen von Befürchtung in Wissen um einen weiteren Tag des Abwartens, dann, wenn die lustig quietschenden Klappen der Postfächer langsam zur Ruhe kamen, Abmarsch.

Das täglich sich erneuernde Empfinden des nicht Weiterkommens, in Wahrheit nur Euphemismus prolongierten Scheiterns, verabsäumte es nicht, die von Optimismus veredelten Tugenden spröder werden zu lassen. Langsam. Dafür eindringlicher und unverrückbarer als die großen Krisen, von denen man von Beginn an eine Ahnung hat, ihnen letzten Endes nicht gewachsen zu sein. An Robertos Arbeitspensum war dergleichen Ernüchterung vorerst nicht abzulesen. Seine Fälle bearbeitete er beflissen wie immer, vielleicht sogar für ihn einen Tick zu genau und zu engagiert.

Da gab es zum Beispiel den Fall »Martha Schweißgut«, bis zuletzt kaufmännische Angestellte in leitender Position. Alleinstehend. Kinderlos. Roberto widmete sich ihr hauptsächlich in den Abend- und Nachtstunden, der einzigen Tageszeit, an der er sich einigermaßen vernünftig mit ihr unterhalten konnte. Meist saß er mit eingeklemmtem Hörer in einer der Telefonkabinen des Zwillingsgebäudes gegenüber seines Blocks. Manchmal besuchte er sie auch. Martha wohnte etwa dreißig Kilometer westwärts in einer Dachgeschoßwohnung. Die unregelmäßig ineinander geschachtelten Kuben der Anlage mehr eine Fünfzigerjahre-Bausünde als eine in die Zukunft weisende Architektur verkörpernd; die unterschiedlichen Klötze nichts von der so logischen Einfachheit des Bauhauses mehr wissen wollend. Dort oben befand sie sich die meiste Zeit seit ihrem überraschenden Rauswurf und wusste nicht so recht, was mit sich anzufangen. Fast ihr ganzes Berufsleben hatte sie in dem Unternehmen zugebracht, ihm gedient, wie sie sich in Interviews gerne auszudrücken pflegte. Über ihre erstaunliche Karriere im von Männern dominierten Management hinaus hatte sie es aber verabsäumt, so etwas wie ein Leben zu leben. Und jetzt? Roberto merkte nach nur wenigen Sitzungen, dass er Martha nicht würde helfen können. Zu tief steckte sie in einem anderen Ich. Ein Menschenalter lang war es das ihre, und es würde bei dem Versuch, in ihr angestammtes zurückzukehren, ein von Anfang an zu wiederholendes Menschenalter lange dauern.

Wenn Roberto durch die geöffnete Türe eintrat, fand er Martha zumeist inmitten des Salons stehend, in der Mitte einer Traube von Mitarbeitern oder wissbegierigen Journalisten, die sich im Gedränge um die besten Plätze die Ellenbogen in die Seiten stießen. Dabei trug sie ihr schmallippiges Grinsen, hinter welchem sie, umrahmt von der beständigen Form eines Kurzhaarschnitts, nie wirklich vergnügt wirkte. Aber um sie herum gab es nichts und niemanden mehr. Keine Gemälde, keine Teppiche, keine Menschen. Nicht einmal die schicken Wandbords. Der Raum war leer. Die Wände weiß. Nur sie und ihr verwaister Schreibtisch in der Mitte, an dem sie noch vor nicht allzu langer Zeit die Gewohnheit hatte, Berichte über den Geschäftsverlauf ihres Profit Centers zu studieren. Keine Geschichten, keine Bilder, kein Mann, keine Verwandten weit und breit.

Anfangs bemühte sich Roberto noch, den Klagen ein verlässliches Ohr zu leihen. Aber schon beim geringsten Fingerzeig auf ihren Arbeitgeber verfing sich Marthas Rede in einem Sturm voller Selbstmitleid. Wahrscheinlich brauchte es noch nicht einmal dieses Anstoßes – allein Robertos Beisein missfiel ihr; sie bestätigte es viele Male, indirekt, wenn sie einen ihrer emotionalen Ausbrüche wieder einmal damit endigte, dass »an allem doch nur die Männer Schuld seien«. Roberto wusste natürlich, dass Martha damit nur ihre eigene Naivität zum Ausdruck brachte, ihnen auf

Gedeih und Verderb gefolgt, ja in gewisser Hinsicht selbst ein Mann geworden zu sein. Aber er sah dennoch keinen Sinn darin, mit ihr die Gründe ihres seelischen Verfalles auszuleuchten, nachdem er bei dem geringsten Versuch eines derartigen Vorstoßes Zeuge ihrer legendären Unfähigkeit zur Selbstkritik wurde. So wurde aus dem Zuhörer ein Abwesender. Immerhin drei Mal in der Woche ließ er es über sich ergehen; die Therapie bestand zuletzt nur noch darin, dass sie, munter wie einst, über ihre »Scorecard« dozierte, während Roberto am anderen Ende der Leitung nur aus Ehrlichkeit und Selbstschutz nach jedem ihrer Sätze ein »Ja«, »Ja, gewiss« oder »Interessant« dazwischen schaltete, nebenher aber schon Termine anderer Fälle in sein Kalenderbuch kritzelte.

* * *

Vom Sozialamt wurden regelmäßig Namenslisten schwer in Arbeitsverhältnisse vermittelbarer Emigranten veröffentlicht. Viele dieser Namen tauchten Woche für Woche wieder auf, bis sie eines Tages, auf die »Plätze der Hoffnungslosen« abgestiegen, sang und klanglos verschwanden. Necibe war auch auf der Liste gestanden. Im Gegensatz zu Martha fuhr Roberto zumeist früh am Morgen, gleich nach der Briefausgabe, fast jedes Mal zu ihr in die Wohnung ihres Bruders, obwohl sich ein ganzes Bundesland zwischen ihnen breit machte. Seine dann von zu kurzem Schlaf gezeichneten Augen hielt er dank des Bildes einer für ihn bereitgestellten Mokkatasse herrlich nach Kardamom duftenden türkischen Kaffees bei Laune. Er opferte anfangs sogar einen ganzen Termin, nur um von Necibe die orientalische Kunst des Kaffeekochens offenbart zu bekommen. Bestimmt wies sie Roberto darauf hin, wie wichtig es doch sei, den Zucker in noch kaltes, den Kaffee anschließend in einer gehäuften Teelöffelportion je Tasse bei ersten sich vom Boden der Cezve lösenden Luftbläschen in lauwarmem Wasser zu versenken. Nach einigen Minuten des

Geredes näherte sie sich der zinnernen Kanne mit dem Ohr, um das Geräusch sich anbahnenden Kochens mit einem Lächeln bestätigend zur Kenntnis zu nehmen. Denn es folgte jetzt noch das Entscheidende und wohl deshalb, wie bei der vorsichtigen Annäherung an einen ganz besonderen Mythos, besonnen und still ihm anvertrauten Geheimnisses, wie man die mühsam sich erarbeitete Schaumkrone auf mehrere Tassen verteilt bekommt.

Was durch den Filter einer handelsüblichen Kaffeemaschine in guten zehn Minuten abtropfte, brauchte bei Necibe locker eine halbe Stunde. Es war wohl die Bedächtigkeit, vielleicht sogar die Behäbigkeit in körperlicher wie geistiger Hinsicht ein Wesenszug der Tochter einer aus Kleinasien stammenden Gastarbeiterfamilie. Man sah es an ihren Bewegungen. Man hörte es an ihren Sätzen. Immer wieder nutzte der Bruder ein Stocken, sie forsch anzufahren. In dem eigenartigen Durcheinander ihres türkischdeutschen Zwiegesprächs erlebte sie Roberto dann aufgeweckter, geradezu in ihrem Element, im Unterschied zu ihrer sonstigen Lähmung als eines Zeichens des »Sich-in-der-Fremde-Fühlens«. Robertos Vorschläge stießen jedenfalls allesamt auf Proteste – bei ihrem Bruder! Der hielt wenig davon, wenn er gewisse Anpassungsschritte anempfahl. Roberto war fest entschlossen, ihn schon bei einer der nächsten Unterredungen in die Schranken zu weisen. Er wollte zu Necibe einen direkten Zugang finden, sich einmal mit ihr unterhalten, ohne dass sie unter dem Eindruck des Bruders sich mit ihm wieder solidarisch zeigte. Er glaubte, dass sie insgeheim ganz anders über die Welt dachte. Er glaubte vor allem, dass der Bruder das zweifellos vorhandene Bedürfnis nach Offenheit mutwillig untergrub.

Als eines Tages Necibe die Tür öffnete, wusste Roberto sofort, dass der Bruder an diesem Morgen nicht zugegen war. Der Herr des Hauses erachtete es als sein Vorrecht, sich stets als Erster davon ein Bild zu machen, wer sich an ihrer Tür Gehör zu verschaffen suchte. Jetzt, da ihm die Möglichkeit zugefallen war, mit Necibe in der Sache frei von ererbten Wahrheiten voranzukommen, traute Roberto kaum seinen Ohren, da sie ihm sehr klar zu verstehen gab, dass der Unterschied zwischen Mann und Frau eine von Gott gegebene Tatsache sei, an der niemand etwas zu ändern hatte. Was ihn dabei wohl am meisten bestürzte, war nicht der Umstand, dass sie so dachte, sondern dass ihn sein Urteil derart fehlgehen ließ. Er konnte einfach nicht begreifen, warum Necibe ihrer Rolle als Frau aus freien Stücken einen so geringen Stellenwert beimaß, auch wenn sie, wie ihm Vukomir später einmal zu bedenken gab, etwas dergleichen überhaupt nicht zum Ausdruck gebracht hatte. Wie ein aneinander vorbeigelebtes Paar saßen sie noch eine Weile stumm am Küchentisch. Den Taktschlag der ihm spöttelnden Wanduhr unterbrach Necibe mit dem Vorschlag, für Roberto noch »schnell« einen Kaffee aufzusetzen.

»Ist schon gut, Necibe«, erwiderte dieser. »Grüßen sie mir ihren Bruder.«

* * *

Rein äußerlich war Boris ein noch junger Mann von robuster Statur, stilistisch überzeugend nach allen Facetten der Mode. Einen Fall vermutete man hinter seiner Sprachgewandtheit und einer ihm auffallend spielerisch von der Hand gehenden Etikette keineswegs. Gerade dieser selten vorkommende Schliff war es aber, welcher ihn bei Zeiten verriet. Roberto stellte ihn sich gerne als einen in der Thronfolge weit abgeschlagenen Prinzen vor; wie er sich in Kostüm und Perücke behände im Hofstaat zu bewegen vermochte. Eine hochstilisierte Güte, wie sie in Boris zum Ausdruck kam, ließ Raum für ein unter dem Zelte des Theaters fest eingeschlossenes Geheimnis von dunkelster Art.

Auf Anfrage der Partneranstalt in der Kapitale des angrenzenden Bundeslandes (nicht dem breiten zwischen Necibe und ihm, sondern dem westwärtig angehängten »Ländle«, an welchem, wo eigentlich Tuchfühlung mit dem Nachbarn bestünde, kraft des

Berges ein Riegel dem zuweilen störrischen Volk qua natura Souveränität verschaffte), dort also übernahm Roberto die Betreuung von Boris. Den Verantwortlichen ging es vor allem darum, den Absichten hinter seinem Gesuch auf vorzeitige Entlassung auf die Schliche zu kommen. Ob es nicht unter Vorspiegelung falscher Tatsachen gestellt, womöglich sogar von krimineller Energie zeugte. Der plötzliche Sinneswandel des sich mustergültig geführten Mannes, bei der ersten richtigen Gelegenheit das Haus zu verlassen, stieß Vorstand wie Kollegium gehörig vor den Kopf. Niemand schenkte seinen Ausführungen von dem Fahrwasser, das zu verlassen er nun an der Zeit sah, Glauben. Sein Platz war drinnen, bei ihnen. Ganz egal, wann und wo er auftauchte, seine Streifzüge in den weit verzweigten Gängen setzten im spärlichen Inventar ein Hochlicht. Er schien sich mit jedem gut zu verstehen. Man hatte sogar das Gefühl, wenn er herannahte – in seinem Fall war es ein unverwechselbares Heranpfeifen, denn eine kleine Melodie entfleuchte seinem Munde wie einem anderen das zum Gruß zwinkernde Auge -, dass er sich dann im Vorbeigehen tatsächlich vor einem verneigte, obwohl er desgleichen natürlich kein einziges Mal vollführte.

Es brauchte mehrere anstrengende Sitzungen, bis Boris etwas von den anfänglichen Schwierigkeiten durchsickern ließ. Wie ihm der Ruf vorausgeeilt war, zu allem fähig zu sein, noch dazu ausgestattet mit einem Verstande, der ihn geradewegs durch die verteufeltsten Schlachtpläne hindurch manövrierte. Jahre, in denen Boris den nachhaltigen Beweis erbracht hatte, von der Hinterlistigkeit eines Odysseus keinen Gebrauch mehr machen zu wollen, waren verstrichen. »Die dadurch frei gewordene Energie«, so umschrieb es Roberto in einem seiner Zwischenberichte, »erzeugte den neuen, vertrauenswürdigen Boris. Einen Boris, der zum Bindemittel des institutionellen Gefüges erhärtete«. Die Anstalt schrieb es sich mehr oder minder offen auf die eigenen Fahnen, Boris zum gegenseitigen Vorteil wieder »auf Linie« gebracht zu haben. Was zum Kuckuck, dachte Roberto, verleitete ihn also zu der Dummheit, eine Zeit der Stiftung und Anhörung aus seinem Leben wieder verbannen zu wollen?

Um das herauszufinden, eilte Roberto wie ein Verrückter fast täglich ins Ländle. Keine Telefonate. Kein über die Nacht bleiben. Das eine zu distanziert, die Mehrtägigkeit einer dienstlichen Reise eine Gefahr, zu intim miteinander zu werden. Niemals hätte er es zugegeben, aber dieser Fall wuchs ihm logistisch wie nervlich über den Kopf. Wenn er zu später Stunde noch einen Abstecher in die Telefonkabine machte, sich für das gleich anschließende Gespräch mit Martha eiligst die Mitschrift der letzten Sitzung hineinzog; dann war er bar seines fast unnatürlichen Tatendranges reizbar, ja gehässig anderen gegenüber. Boris war dafür nicht die erste Ursache. Aber seine abstrusen Ideen über den, wie er sagte, »gleichgeschalteten Menschen«; sie glichen einer undurchdringlichen Wand, die zu überwinden schon allein deshalb schwierig war, weil sie Roberto abstießen, dass man ohne Weiteres meinen durfte, eine so heftige Reaktion konnte eigentlich nur einer verborgenen Zustimmung entspringen. Irgendetwas kroch ihm durch den Kragen unter die Haut und stiftete von dort eine Verwirrung, mit der er nicht umzugehen wusste, letzten Endes auch gar nichts zu tun haben wollte. Und selbst wenn er sich dazu entschlossen hätte, sich mit den Ursachen seines Unbehagens auseinanderzusetzen, dann verwehrte ihm sein puritanisches Œuvre, sich für irgendeine nachfolgende Existenz jetzt schon zu verausgaben, die dafür notwendige Muse.

Stattdessen reagierte Roberto mit Trotz. Er fühlte sich von Boris provoziert, obwohl nichts darauf hindeutete, dass diesem an einer Konfrontation mit Roberto gelegen wäre. Aus einem ihm unerfindlichen Grunde fasste er alles das, was Boris gegen eine für zwanzig Jahre gut funktionierende Ordnung vorbrachte, als persönlichen Angriff gegen sein eigenes Leben auf. Und diesen Angriff parierte er mit teutonischer Akribie. Jedem noch so unwichtigem Detail in Boris' verschwommener Vergangenheit spürte er nach. Seitenlange Listen nährten sich aus dem Gewühle.

Orte, an denen er gelebt hatte. Menschen, denen er nahe gestanden hatte. Er sammelte einfach alles, was nur je dabei helfen konnte, Boris als denjenigen zu entlarven, der er wirklich war.

Vieles von dem, was er herausfand, war nutzloses Zeug. In Briefen dargelegtes »Wissen« über eine Person, von der Roberto durchaus seine Zweifel haben konnte, ob sie dem »Thronfolger« Boris gleich kam, es sich um eine veritable Verwechslung handelte oder, und dieser Verdacht drängte sich bei vielen Quellen auf, sich die Befragten einfach als Wichtigtuer hervortaten. Aber, so dachte Roberto, wenn er nur genügend Material zusammentrüge, es sortierte, auf Stichworte hin untersuchte, dann konnte er das ein oder andere Geschwätz getrost übergehen. Es würde dann aus einem von Quersummen, Varianzen und so fort beherrschten Gebräu einfach hinausdampfen. So zum Beispiel, wenn über ein stämmiges blondes Männlein erzählt wurde, wie es als Rache für die nicht bestandene Reifeprüfung einen Schwefelgranatenangriff auf das Lehrerzimmer verübte, obwohl Boris doch allem Anschein nach keinen Schulabschluss erworben hatte. Oder, so aus einem Brief einer früheren Verehrerin entnommen, ein Schuft namens Boris die Frechheit besaß, ihren Gefallen an ihm nicht nur einmal zurückzuweisen. Über einen Zeitraum von vielleicht drei Jahren konnte sie nicht von ihm lassen. Anfangs stellte sie ihm nach, rief ihn sofort an, wenn er den regelmäßig stattfindenden Feierlichkeiten im Kreise der engsten Freunde fern blieb, sobald sie sich ankündigte, was sie in der Folge natürlich unterließ und sich stattdessen gleich selber zum jüngsten Mitglied der Gruppe erklärte. Zwei Mal ließ sich ihr Boris erweichen. Dann willigte er ein. Es war schön, bis sie merkten, dass ihre Beziehung eine Beziehung lediglich zu imitieren imstande war. Ihre gemeinsame Zeit währte nur kurz. Im Abstand dieser drei Jahre zusammen genommen ein halbes Jahr – höchstens. Trotzdem, so schrieb die Dame weiter, wusste sie von einer Bestimmung füreinander. Nur habe sie in ihrer Vernarrtheit in diesen Jüngling womöglich nicht einsehen wollen, dass er sich in

Ermangelung simpelster Erfahrungen, im Umgang mit Frauen, nicht sicher genug gefühlt habe, es auf eine Liebschaft mit einer zielstrebigen Schönheit, wie sie es sei, ankommen zu lassen.

Nachdem Roberto diesen Brief zu Ende gelesen hatte, blickte er auf und stellte sich seinen Boris vor, wie er, nur um ihrem Blick zu entgehen, schnell um die nächste Ecke hechtete, wie er hinterrücks schlecht über sie redete, sich in den Augenblicken mit ihr allein aber geborgener denn je fühlte. Vor allem stellte er sich vor, wie er zauderte und zauderte. Er sah den Fürsten mit großen Augen vor einem geöffneten Portal aus Gold, eines wie vor dem Parc de la Tête d'or in Lyon stehen, ratlos, warum er nicht einfach auf die andere Seite hindurchspazierte, wo ihn die Schönheit des Lebens in Empfang nehmen wollte. Wer auch immer dieser armselige Kerl sein mochte, Boris war es ganz gewiss nicht.

Robertos Idee, kurzerhand das Telefonverzeichnis ganzer Ortschaften, in denen er sich für längere Zeit aufgehalten hatte, zu verständigen, man möge doch über das, was man von Boris wüsste, Auskunft erteilen, stieß auf unerwartet breites Echo. Hunderte solcher teils in Einzelheiten versinkender Schilderungen, Beobachtungen, Erzählungen; alles Mögliche wurde von Bekannten, Nachbarn, Zaungästen zum Besten gegeben. Satz für Satz arbeitete sich Roberto durch jeden Hinweis, sortierte, verschlagwortete, legte ein stattliches Karteisystem an, sodass ein Bibliothekar seine Freude daran gehabt hätte, kurzum: Roberto tobte sich an seinem rätselhaften Subjekt aus, bis er nicht mehr konnte. Auf einmal drehte sich jetzt das Rad auch ohne sein Zutun weiter und weiter. Frei nach dem Motto, »ich schaffe das«, rotierte er zunächst willig von Fall zu Fall, meinte dann aber mit an Größenwahn sich annähernder Unbelehrbarkeit, sogar das Unmögliche noch in die Tat gesetzt zu bekommen, wenn er sich's nur häufig genug vorbetete.

Lange Zeit, vielleicht zu lange, verbarg sich das ganze Ausmaß physischen wie seelischen Verschleißes hinter dem Opium. Aber es kam, wie es kommen musste. Eines Nachts, Roberto hatte sich vorgenommen, noch ein paar der nur angelesene Briefe durchzuackern, unterbrach er sichtlich unzufrieden bei der Hälfte des Stapels. Er befand, dass seine Mitschrift ungenügend, ja unleserlich war, dass er gefühlte zwei Stunden dagesessen hatte, in denen weder er noch seine Feder etwas von Boris zu erzählen wussten. Doch der eigentliche Grund, warum er aufgehört hatte zu schreiben, war sein Stift. Er hatte plötzlich das Gewicht eines ordentlichen Stücks Blei an sich. Es hing an seinem Kompass.

»Was mache ich hier eigentlich? Warum steigere ich mich so hinein in diesen Fall?« Er wollte den begonnenen Satz zu Ende schreiben, aber der Stift war jetzt noch schwerer als zuvor, rutschte ihm aus den Fingern und fiel hörbar zu Boden. »Schluss jetzt. Ein Glas Wasser wird mir gut tun.«

Er ging in die Küche und trank ein großes Halbliterglas ohne abzusetzen leer. Dann kehrte er zurück und erschrak, weil er einen Mann unter seinem Schreibtisch liegen sah. Der Mann war er selbst! Bei dem Versuch, sich vom Stuhl zu erheben, war er in der Wahrnehmung, die Küche sei außerhalb seiner Reichweite, auf der Stelle zusammengesunken und dort liegen geblieben, wo sich das verlorene Schreibgerät befinden sollte; dieses lag aber immer noch fein säuberlich abgelegt neben einem der geöffneten Briefe auf dem Tisch, in Erwartung weiterer Hinterlassenschaften.

Warnsignale gab es mittlerweile zuhauf: zitternde Hände, Stechen in der Brust, auch die chronischen Rückenschmerzen gehörten auf diese Liste. Sogar Auren und Halluzinationen mit aufgequollenen Köpfen, Händen und Füßen streuten sich am Ende besonders quälender Tage, dann, wenn er durch das Blendwerk die große Nutzlosigkeit durchsah, mit ein. Angekündigt von einem Schwindel, dem sich, anders als bei Trunksüchtigen, nicht die Umgebung, sondern der Befallene scheinbar in eine Drehung um die eigene Achse versetzt sah; Ersteres trotz aller Unannehmlichkeit nur ein außer Kontrolle geratenes Schlingern der Gestirne entlang der Ekliptik, wogegen Letzteres ein künstliches, zur Übelkeit verleitendes Kreiseln, für das auf den Volksfesten des ausklingenden Sommers so mancher Schilling den Besitzer wechselt. Und die unförmigen Leiber in Robertos Fantasie vielleicht Erinnerungen an die Zirkusgemeinden in der Kindheit, dort vor allem die Schlangenmenschen, Freaks oder die Clowns in ihren viel zu großen Schuhen ihn beeindruckend.

Aber so schlimm es auch stand, ist es doch ganz und gar einsichtig, dass der Abhängige allein in der Ausübung seiner Sucht das Allheilmittel versteht. Die Antwort auf die ihn zusehends bedrängenden Phänomene konnte nur sein, noch mehr zu arbeiten. Arbeit war für Roberto schlichtweg ein Synonym für das Gute. Denn stand man, indem man dem Aufgetragenen uneingeschränkt Folge leistete, nicht über so verwerflichen Ablenkungen wie Streit, Hass, Krieg? Ja! Daran konnte wahrlich nichts Falsches sein. Den Stift aber getraute er sich in dieser Nacht nicht mehr in die Hand zu nehmen. Immerhin näherte sie sich bereits der Drei-Uhr-Markierung. Stattdessen legte er sich ins Bett. Da unterlief ihm ein weiteres sonderbares Phänomen: Er konnte seine Augen nicht schließen. Natürlich konnte er noch die Augenlider ganz normal über die Augäpfel schieben. Nur wenn er einen erneuten Anlauf unternahm einzuschlafen, dann verkroch er sich vergeblich unter die Bettdecke. Je fester er die Augen zukniff, desto heller leuchtete es ringsum. Er betastete seine Augen, drückte sie ganz tief in den Schädel, konnte jedoch nichts Abnormales feststellen. Trotzdem fehlte da etwas, zurückgeblieben höchstens eine hohle Schranke, durch die eine formlose Lichtung sich ausbreitete – eine Art Gift für den Schlaf.

Langsam nur dämmerte es Roberto, womit ihn der Verlust von Dunkelheit konfrontierte: Er konnte nicht mehr einschlafen! So einfach war das, und so folgenreich. Wo er normalerweise die Gespanntheit des Wach-seins von alleine ausstrich, lehnte sich Robertos Körper nun ganz unverblümt (in Notwehr?) gegen die eigene Substanz auf. Unverrückbares pervertierte in diesem Augenblick so unverschämt, wie einen der Anblick mit offenen

Augen schlafender Menschen, selten, aber doch als Defekt oder extreme Übermüdung vorkommend, betroffen macht.

Eine Stunde des Hin- und Herwälzens endete schließlich wieder am Schreibtisch. Regungslos starrte Roberto auf das bearbeitete Stück Papier von vorhin. Vielleicht würde die Müdigkeit ihm ja seine Augen verfinstern, wenn er ihr bewusst ausstellte, dachte er. Langes Warten. Dann, im Hof hinter den Fenstern, der geschäftige Palaver einiger Krähen. Die Nacht war vorüber und Roberto – zerrissen von zwei unversöhnlich gegenüberstehenden Instanzen, hier der ausgelaugte Leib, nichts lieber als in der Sekunde einen vorübergehenden Tod erheischend, dort eine unbekannte Macht ihn stur heil bei Laune halten wollend – hellwach und todmüde in einem (!) beugte sich wieder den Forderungen eines neuen Tages.

In der darauf folgenden Nacht wiederholte sich der Spuk. Aber noch einmal vierundzwanzig Stunden später war alles wieder so, wie es sein sollte. Ausgeschlafen wie lange nicht, zog es Roberto sogar wieder nach draußen, in die Öffentlichkeit. Seit seiner letzten Begegnung mit Vukomir waren zwei Monate vergangen. Zwei Monate, die ihm wie eine Ewigkeit erschienen, die aber, so präsent war ihm das breite Grinsens seines Freundes immer noch gewesen, genauso gut zwei Tage hätten sein können. Sie verabredeten sich für den kommenden Abend im Häferl. Wie immer, wenn es nicht um die Belange seiner Arbeit ging, verspätete sich Roberto. Vuk machte es nichts aus, da er die Zeit gerne mit einem Buch überbrückte und sich dann ob seines Erscheinens sogar enttäuscht zeigte, weil er sich in dem gerade begonnenen Kapitel noch nicht weit genug vorangekommen wähnte.

Dieses Mal verspätete sich Roberto nicht wie gewöhnlich wegen seines kaum je abzuwerfenden Lasters, bis zum letzten Abdruck zuzuwarten und alles noch schnell in das letzte verbleibende Stückchen Zeit hineinquetschen zu wollen. Dieses Mal war er sogar zeitig von der Arbeit zurückgekehrt. Aber ihn hielt ein vor der Haustür liegendes Päckchen davon ab, die Schuhe gleich anzulassen für den kurzen Weg hinüber ins Häferl. Das Päckchen erst einmal nicht weiter beachtend, versuchte Roberto das Herannahen eines Missmutes durch die paar immer gleichen Handgriffe des Nachhausekommens herunterzuspielen. Es änderte aber nichts, dass er um den Inhalt des Päckchens genau Bescheid wusste. Schließlich nahm er es, riss es auf. Die erste Seite seines Manuskripts lugte hinter der beigelegten Nachricht des Absenders hervor. Noch im Häferl stand Roberto unübersehbar die Blässe auf den Wangen.

»Was ist dir denn über den Weg gelaufen?«, fragte Vukomir. »Komm, setz dich und trink erst einmal was.«

»Es ist eigentlich nichts, außer dass ich in letzter Zeit viel gearbeitet habe.«

»Zu viel, wie mir scheint.«

»Es ist schon merkwürdig, aber ich meine, es könnte immer noch etwas mehr sein. Weißt du, ich komme einfach nicht vom Fleck.«

»Mach dich doch nicht unnötig krank. Du kommst schon noch raus. Weißt du noch, was du mir sagtest, als ich dich zum ersten Mal besuchte, nachdem sie mich, wie durch ein Wunder, nicht gleich haben abschieben wollen? Du sagtest: ‚Wo du mühsam bergauf trittst, sei dir sicher, da geht es irgendwann auch wieder runter.‘ Ich hielt das zwar für einen ziemlich albernen Spruch. Aber, wieso nimmst du dir jetzt nicht selbst ein Beispiel daran und strampelst noch ein wenig den Berg hinauf.«

»Nicht ich habe das gesagt.«

»Oh doch, du warst es!«

»Nein. Das war mein Vater, und ich war noch recht klein und wollte, dass dieser elendige Anstieg, den er mich als einen von seinem Blute unbedingt bezwingen sehen wollte, ein Ende fände.«

»Du musst es auch jetzt nicht mehr tun, wenn du nicht willst.«

»Was meinst du?«

»Funktionieren!«

»Das siehst du falsch. Mir schwebt da was vor.«

»Ach ja? ... Dann erkläre mir mal, was das denn sein soll, das dir vorschwebt!«

Roberto zögerte seinerseits kurz, bis er den Satz zu Ende gedacht. »Mein Ziel ...«, doch Vuk ließ ihn erst gar nicht ausreden:

»Was erwartest du dir von Martha, Boris, dem Professor? Das sind keine Fälle! Und wenn doch, warum müssen es dann immer mehr sein, als um die du dich wirklich kümmern könntest. Verrate mir das mal!«

»Warum bist du aus deiner Heimat geflohen?«

»Es herrscht dort Krieg, vergiss das nicht.«

»Ja, das ist natürlich etwas anderes.«

»Nein, Roberto, das ist es nicht! Ich meinte nur, dass dort Krieg herrscht, nichts weiter. Damals hatte ich das Ziel aus den Augen verloren. Der Hass zwischen den Völkern hat es mir genommen. Ich wusste mir nichts besseres, als irgendwo neu anzufangen. Heute denke ich anders darüber. Ich denke, dass hinter dem Eintreten für eine Sache, auch wenn sie noch so aussichtslos erscheint, ein unglaublicher Wille zur Freiheit verborgen liegt.«

»Ich kann dir nicht folgen, tut mir leid.«

»Schon gut. Bestellen wir lieber noch ein Bier, bevor sie uns rauswerfen.«

Vuk bedeutete dem Ausschank mit zwei über seinem Kopf auf ihn gerichteten Fingern ihren Wunsch nach einer frischen Runde. Während Roberto die Neige seines Glases wegkippte, fragte ihn Vukomir, ob es etwas Neues von Professor Sonntag zu berichten gäbe.

»Hat er sich bei dir gemeldet?«, wiederholte er seine Frage, die Robertos Gesicht in die anfängliche Blässe zurückversetzte. »Er hat dir also geantwortet! Wusst' ich's doch. Dieses verlogene Miststück.«

»Es lag heute vor meiner Tür.« Er holte das Päckchen aus der Tasche. »Mein Manuskript. Er hat es ungelesen zurückgeschickt. Ich weiß es. Die Blätter sind immer noch gleich unregelmäßig gestapelt. Diese Nachricht war beigelegt.«

»Und?«

»Ich habe sie nicht gelesen. Hier.«

Vukomir las zwei Mal über das nicht allzu ausführliche Schreiben. Währenddessen knallte der Kellner zwei volle Gläser trübem Landbiers auf den Tisch; bemerkte im Abgehen, dass in Kürze Sperrstunde wäre. Auf der Straße durchbrach jetzt ein wiederkehrendes Scheinwerferlicht die hereingebrochene Dunkelheit.

»Ich werde es vernichten«, vermerkte Roberto beiläufig und trank sich den noch vorhandenen Durst zügig vom Leib.

»Was sagst du?«

Das Manuskript. Es ist nicht gut. Meine Schlussfolgerungen sind bloßes Geschwätz. Wer könnte nicht darauf kommen, dass Martha danach trachtete, gewisse Veranlagungen unter Kontrolle zu behalten. Jede Zeile ist so furchtbar eintönig, die Muster meiner Beweisführungen vorhersehbar, gefangen in versteinerten Worthülsen einer normierten Mittigkeit von Sprache, die als Pseudoakrobatik auf der Müllhalde längst entsorgter Sprachdilettanten herumirrt. Ich muss mich jetzt wieder auf meine Stärken besinnen. Und das kann ich nur, wenn ich dieses Ungetüm wieder loswerde.«

»Ich warne dich!«

»Das verstehst du nicht. Morgen ist es nur noch ein Haufen Asche.«

»Du machst einen großen Fehler, mein Freund.«

»Ich bin fest entschlossen, mein Vorhaben in die Tat zu setzen.«

»Gib es mir! Ich verwahre es für dich auf, bis du wieder klar bei Verstand bist.«

»Vuk, ich habe mir das wirklich sehr gewünscht. Aber jetzt sehe ich, dass ich einer Illusion anheimgefallen bin. Wie durfte ich es mir je erlauben, zu denken, ich könnte als Menschenkenner, Feuilletonist, Philosoph – ach, nicht einmal den richtigen Titel weiß ich mir zu verleihen – so mir nichts dir nichts gegen den Strom anrennen! Außer dir sind doch alle meiner überdrüssig geworden. Allein steh ich mit meinem Traum, abgeschoben an den Rand eines Weltreichs. Es ist traurig, Vuk, aber doch ist es das Beste für uns alle, das große Ganze im Blick zu behalten und nichts anderes. Was ist schon der Gestaltungswille eines Einzelnen als langsam und träge machend, während das Gros davongaloppiert im Sog ihrer großen Anführer! Ich gebe nach, lenke ein, hab mich weichklopfen lassen, wenn du willst, kehre zurück auf den Boden der Tatsachen.«

»Bei Gott!«

»Das zu sagen, fällt mir nun nicht mehr schwer. Hab ihn doch schon eine Weile gespürt, den Verrat an unserem Dienst am Fortschritt. Jetzt kümmere ich mich nur noch um die Modalitäten meines Wiedereintritts, um die Gunst der Union. Der Dank gilt meinen Gläubigern, in deren Schuld ich mich begab, als mir der Wahnwitz hochstieg, dies Buch hier zu schreiben.«

»Mein Freund, du kommst mir vor, wie auf den Kopf gestellt.«

»Nur weil ich mich emanzipiert habe von einer Torheit?«

»Warum spottest du deiner Errungenschaft nur so?«

»Sie entspricht mir nicht.«

»Oh doch, sie tut es! Sie ergänzt dich in deiner absoluten Loyalität.«

»Mir scheint's, sie lag und liegt mir wie ein Stück unverdautes Fleisch im Magen. An ihrer Überwindung mein Genesen!«

Möge der Leser es als Handreichung auffassen, an dieser Stelle des Buches zu verweilen, ja, sich eventuell sogar die Mühe machen, einige wenige Seiten zurückzublättern, nur um sich des Auslösers, an dem der Streit sich entzündete, zu vergewissern. Er wird dann, so die Hoffnung, der Behauptung beipflichten können, nicht eine Meinungsverschiedenheit formte die Gegensätze, als vielmehr eine innerliche Verfestigung Robertos, von welcher aus, um in dem Bilde zu bleiben, die Vehemenz dieses Starrsinns auch den sie umkreisenden Widerstand zu erfassen beliebte, in sich einhegte und sozusagen versuchte, ihn mundtot zu machen. Nicht aus eigenen Stücken wohlgemerkt, nicht als einer seiner Vorkämpfer, sondern als einer unter vielen war Roberto irgendeinem unsinnigen Ideal auf den Leim gegangen. Er nur der etwas bunter Schillernde, als der es ihm madig machende Rest. In dem Manuskript fand die Auseinandersetzung nun ihr Faustpfand, um dessenthalben die beiden ihr weniges Miteinander aufs Spiel setzten. Nur nebenbei bemerkt die ganz außerordentliche Verwerfung des sich hier Zutragenden: Hier der Besitzende, der, gänzlich verkehrt!, sich einbildet, den Besitz von sich weisen zu müssen, ja ihn am liebsten gleich in Rauch aufgehen sehen möchte, also der Aggressor ist, wohingegen der es nicht Besitzende sich unfreiwillig dazu gezwungen sieht, als sein Verteidiger das Existenzrecht des Manuskripts zu verbürgen.

Wenn überhaupt, so hätte Vukomir es an seiner angespannten Körperhaltung erkennen können, welches Tal er in den beiden letzten Tagen durchschreiten musste, davon der kurze Einschub hier berichtet. Diesen vorangegangen war eine von Rückfällen neuerlich erzwungene Behandlung bei Doktor Falk. Zehn Minuten, in denen der Doktor schonungslos einige Wirbel zurechtrückte (das »schiefe G'stell«, wie er sich ausdrückte, wieder einrenkte). Immerhin verschafften sie ihm eine durchaus wohltuende Erschöpfung, wenngleich er zunächst, auf der Bahre liegend, nach Luft ringen musste, die ihm der zuvor mit ganzem Gewicht auf ihm liegende Doktor aus den Lungen gepresst hatte.

Einen Tag später mochte es Roberto erst nicht glauben. Nach anfänglichen Versuchen, das übliche Stechen mit Verrenkungen eines Liebe machenden Amors hervorzulocken, gedachte er der bis zum Abend und darüber hinaus reichenden Abstinenz derartiger Plagen gar in Kategorien wie Fortschritt oder Heilung. Aber schon der Morgen des nächsten Tages, jenem, an dem ihm das Unheil verkündende Päckchen vor die Tür gelegt werden sollte, entpuppte sich als herber Rückschlag. Und nicht nur das. Schon in der Nacht war er mit einem Zittern erwacht, das nur von einem Mangel oder einer ausgewachsenen Grippe zeugen konnte, ergo das Zittern ihm unerklärlich war, weil ja beides nicht zutraf. Mit einem Finger tastete er oberhalb des Steißes. Und da war es wieder, das Stechen. Kein Zweifel. Und auch das Zittern, dessen war er sich nun sicher, nahm von dort seinen Ausgang. Unterdessen inspizierte er das Umfeld weiter, drückte und kratzte seine Beine. Vergeblich. Er spürte nichts. Der Unterleib, so meinte er, die Taubheit zu deuten, hing, im Absterben begriffen, nur noch lose am Rumpf. Was auch immer die Nervenbündel dort behelligte, es schien sich nunmehr hindurchgearbeitet und alle die Beine versorgenden Verbindungen gekappt zu haben. Wie ernst die Lage wirklich war, möchte die absonderliche Vorstellung eines Menschen verdeutlichen, der nicht mehr in seiner eigenen Haut steckte. Oder ein wehrloser, vielleicht schlecht anästhesierter Patient, der während einer Operation das Gewerke an seinem geöffneten Körper miterlebt: den ersten Schnitt, das Gestocher und Geklemme, die Stiche der Nadel. Wie wenig doch Sprache die Ängste um eine Existenz verständlich machen kann! Mit einem Wort also: Roberto war VERLOREN in einem Labyrinth der Fassungslosigkeit.

Erst Stunden später ein erstes Erwachen in den Zehen. Ein zaghafter Versuch des sich Aufrichtens. Die von des Arztes Eingriff provozierte Ordnung eines Wirbel für Wirbel aufeinander gestapelten Torsos, jetzt wieder heimgesucht von den üblichen Kräften. Das Gerüst, es sackte, rotierte frei, malte ein S für ein I. Die Schmerzen, sie begleiteten Roberto am Beginn dieses Schicksal beladenen Tages im wahrsten Sinne des Wortes auf Schritt und Tritt, bis ihm das besagte Päckchen zumindest dieser Bürde enthob, nur um postwendend die nächste folgen zu lassen.

Gewiss waren die beschriebenen Umstände mit dafür verantwortlich, den für gewöhnlich nie zu dick auftragenden Roberto seiner Sinne die Schärfe zu nehmen. Dennoch hatte ihn Vukomir selten so außer Rand und Band erlebt, wie bei der fixen Idee, sein Manuskript gleich an der nächsten Ecke den Flammen überantworten zu wollen. Seit er Misserfolg auf Misserfolg anhäufte, etwa jenem letzten, Necibe ein Stück weit aus ihrem Schattendasein herauszuhelfen, wankte das Kartenhaus gehörig. Noch stimmten sie ihn verdrießlich, als dass sie dabei halfen, die offensichtlichen Lügen ihrer Unwahrheit zu decouvrieren, so zum Beispiel, wenn er seinen Klienten weiszumachen versuchte, ausgerechnet er würde sich für irgendetwas die Zeit nehmen.

»Ihr müsst jetzt gehen«, unterbrach der Wirt, wo nichts mehr zu unterbrechen war. Seinen letzten Gästen gegenüber ließ er keinen Zweifel, dass unter seinem Dach »jetzt« auch wirklich »jetzt« bedeutete, schnappte sich also flugs den einen, mahnte den anderen, er solle bloß den Hintern hochbringen und beförderte beide in der nächsten Sekunde hinaus auf die Straße.

In der Zwischenzeit war vor dem Lokal einiges in Aufruhr geraten. Mehrere Scheinwerfer richteten ihr Auge abwechselnd in die dunklen Ecken des Viertels, kreuzten dabei ihre Kegel, während sie nach etwas Ausschau hielten. Miteinander in Konflikt geratene Gruppen brüllten aus unterschiedlichen, nicht festzumachenden Richtungen. Obgleich nicht eine Menschenseele auszumachen, war jetzt mehr los als unter Tage.

»Du solltest schnell verschwinden.«

»Ich werde es tun!«, erwiderte Roberto.

»Was?«

»Es verbrennen.«

»Na dann tu doch endlich, wovon du nicht lassen kannst!«

Seinem Ärger Luft verschaffend, drängte er Roberto in eine Seitengasse. »Hier kommt uns niemand in die Quere. Also, los!«

»Ja, nun …«

Doch bevor Roberto etwas sagen konnte, hatte sich Vuk bereits das Manuskript unter den Nagel gerissen, seinerseits bereit, es zu zerstören.

Einige wenige liefen jetzt tatsächlich an ihnen vorbei, die Hauptstraße entlang. Verfolgte. Ihnen hinterher Uniformierte mit Schlagstöcken. Für die Geschehnisse in der Seitengasse hatten sie jedoch ebenso wenig Zeit, wie auch die beiden dort sich in den

Haaren liegenden keine Notiz vom zunehmenden Getümmel auf der Straße nahmen. Besonders Vukomir war endgültig der Geduldsfaden gerissen. Verärgert hielt er Roberto das Paket vor die Nase, als wollte er sagen: »Hier ist das Bekenntnis des Glaubens, über das du dir so schändlich dein Maul zerrissest. Nun geschehe also dein Wille.« Das ging ihm dann aber doch zu weit. Wenn er schon der Häresie bezichtigt wurde, dann wollte Roberto wenigstens das kleine, unumkehrbare Werk keinem anderen an seiner statt überlassen. Weder einen Abzug, eine Kopie noch eine Reinschrift hatte Roberto angefertigt. Es war das einzige Exemplar.

»Ich will es ja tun, Vuk. Aber so ist es nicht dasselbe.«

»Du willst es wieder haben? Vorhin wolltest du noch, dass ich dir zur Hand gehe.«

»Das will ich ja immer noch. Aber es braucht einen Rahmen. Du störst den Ablauf.«

»Weil ich es für falsch halte! Falsch und dämlich!«

»Niemand wird es je lesen. Ich brauche nicht noch eine Trophäe in meinem Schrank, die mich jahraus, jahrein daran erinnert, was hätte sein können, wäre meiner Arbeit mehr an Aufmerksamkeit vergönnt gewesen. Dieser hier will ich mich für immer entledigen.«

Vukomir schüttelte jetzt nicht mehr als ein Advocatus Diaboli den Kopf. Er sah Robertos Darlegung, welche sein Opfer zu einem Akt der Befreiung verklärte, in keinster Weise als Entscheidung eines freimütigen Willens zustande gekommen. Eine unsichtbare Hand zog ihn in den Abgrund, während er es fälschlicherweise seinem eigenen Zutun beifügte. Und genau das machte Vukomir so rasend, erklärte wiederum sein Handeln, mit dem eben gezückten Feuerzeug immer wieder anzudeuten, Robertos Schicksal eigenhändig besiegeln zu wollen.

»Wie viele Seiten, sagtest du, umfasst dein Manuskript? Tausend? Die brennen gut und gern eine Viertelstunde.«

»Es ist genug. Gib es mir zurück!«

Vukomir schnippte am Reibrad des Feuerzeuges gerade so, dass der Funke zu schwach ausfiel, um vom Benzin erfasst zu werden. Seine Wirkung, Robertos Machtlosigkeit zu demonstrieren, verfehlte er damit aber nicht, besonders da das Papier jetzt an einer Ecke von der doch ab und an auflodernden Flamme tatsächlich anzukokeln begann. Roberto verlor die Nerven. Er nutzte den einen Schritt Abstand, um den Serben Kopf voraus auf das Trottoir zu stoßen.

»Ha, ha, ha.«

»Hör auf damit!«

»HA, HA!«

Immer lauter musste Vuk, von irgendeiner Besessenheit angefeuert, auflachen. Dann ließ er los, wonach sie beide, am Boden liegend, zogen und zerrten.

»Nimm es doch dein dummes Manuskript! Ich wollte es sowieso nie haben.« Und weiter, nachdem er sich, einmal aufgerichtet, den Schmutz von den Hosenbeinen geklopft hatte: »Mit dieser Sache habe ich nichts mehr zu schaffen.«

»Das hätte ich mir ja denken können.«

»Wovon sprichst du?«

»Welches Bündnis ließe sich mit jemandem schließen, der die Ziele seines Freundes so wenig anerkennt, wie du!«

»Von denen du mir, wenn ich dich erinnern darf, noch keines verraten hast. Wäre ich ein geborener Retter, der ich durchaus nicht bin, ich wüsste noch nicht einmal zu benennen, wovor ich dich bewahren sollte. Ein Witz, mehr nicht. Ich geh … Hier, damit dir keine Ausrede bleibt!«

Mit diesen Worten warf er Roberto das Feuerzeug vor die Füße und verschwand.

Endlich sammelten sich alle zur Mitte der Curia. Man lachte, war noch einmal in Bann gezogen von der alles überstrahlenden Sonne. Dann verfinsterte sich das Lächeln der Cäsarin jäh, von einem Dolch geschwärzt ihr Blick. Die scharfe Klinge, mit der

Kraft eines Mannes in den Nacken gestoßen, spitzte an der Vorderseite des Halses heraus. Ihr Wehklagen ein jämmerliches, nur kurz vernehmbares Röcheln, weil jetzt all die anderen Verschwörer ihre Hiebe zu dem Mord hinzusetzten. Wer war gut, wer böse? Hatte es Martha gar verdient? Was bedeutete das Bild für ihn selbst? Zwei Schüsse, abgefeuert keine hundert Meter weit von ihm entfernt. Er stand auf und ging ruhig bis zur Straßeneinfahrt. Vukomir war verschwunden, ebenso alle anderen Dahergelaufenen. Mit den Kugeln hatte sich die Lage offenbar beruhigt. Auch die Scheinwerfer wurden nicht mehr gebraucht. Es war dunkel. Ein Blick auf die Uhr. Zwanzig Minuten vor Mitternacht. Der Tag war noch nicht vorüber, dachte Roberto. Zeit, um noch eine letzte Sache zu erledigen.

4

Frühling. Jahreszeit unter den Jahreszeiten. Wiederkehrendes Anheben der Lust. So etwa um die Tag- und Nachtgleiche herum geschieht dieses Wunder Jahr für Jahr, wenn sich die Natur ergießt in prallen Farben. Und doch ist es Erneuerung ohne jemals Neues hervorzubringen. Der Frühling bringt das Alte in frischen Kleidern und verzaubert uns aufgeklärte Wesen dennoch jedes Jahr aufs Neue. Meistens verpassen wir den Tag, an dem die Kraft der Sonne uns dazu auffordert, den Wintermantel im Schrank zu lassen. Dann ist es uns zu warm unterm wollenen Schal, weil uns der eingeübte Modus immer noch rüstet für die Strömungen des Nordens – die Parität der Jahreszeiten kaum merkliches Waage halten an den Übergängen, gar nur kalendarisches Machwerk? – Erst einer gewissen Dauer des Staunens entäußern wir Vertrauen in den erfolgreichen Vollzug des Wandels. Erst wenn uns die beißende Sonne auf dem Schoß unangenehm dünkt oder der Drang des Sich-Neuordnens und Kehraus-Machens (zum AUFTAKT eines Festes wohlgemerkt!) uns ganz für sich einnimmt, dann ist es so weit! Dann ist da wieder Luft für lang Aufgehobenes, weil Tatendurst der Mühsal trotzt. Er lässt uns lustwandeln. Ihm verdanken wir ein von Sorglosigkeit durchdrungenes Treiben. Wie das plötzliche Aufgehen (auch hier unter dem Vlies zumeist unbemerktes Knospen setzen) der Natur, so ernährt sich auch unser Sprießen einzig und allein von der anspringenden Wärme des hoch ansteigenden Sonnenballs.

Das ist wichtig! An dieser Stelle ist der Mensch ganz Tier. Nicht er ist der Urheber des Kitzels. Jedenfalls nicht er als ein von der Welt enthobenes Subjekt. Die Leichtigkeit, von der hier die Rede geht, entspringt den Bedingungen des Seins! Was nicht weniger bedeutet, als dass sie NICHT frei wählbar ist. Weder sind wir in der Lage, sie durch eine Tat zu erzwingen, noch ihr vollends zu entfliehen. Auf die eine oder andere Weise erfasst sie jegliches Leben, ob es will oder nicht. Und wer mag es glauben, dass es gerade diese naturbefohlene Sorglosigkeit versteht, uns in eine sprachlose, aufs Äußerste beglückende Zufriedenheit hineinzuversetzen! Oder wann hätte es je ein von Menschenhand geführtes Erwachen, ein gut gemeintes Revoltieren, wann das Anpacken infolge eines Richtungsentscheides gegeben, das ein Individuum, ein Volk – eine ganze Generation FREI von Gewalt dazu gebracht hätte, sie in einen neuerlichen Frühling zu geleiten? Und weil die Frage eine rein rhetorische, ist es weiter nicht verwunderlich, dass jegliches Lenken auf ein Ziel hin erst recht unter dem Banner der Freiheit zu geschehen hat.

Fast erübrigt es sich, den Gedanken an sein Ende fortzutragen. Recht hat, wer vermutet, dass eben dort, wo noch und noch von ihr gefaselt, die Freiheit herrscht statt waltet. Sie bekehrt die Schwachen, erstickt die Aufmüpfigen in ihrem Unglauben. Ein zufälliges sich Ausdehnen. Kein Feldzug. Doch sprechen, wo nötig, auch die Waffen eine klare Sprache gegen die noch übrigen Saboteure der neuen Weltordnung. Wird sie gewinnen für den Rest der Zeiten? Und was wäre dagegen einzuwenden, wenn im Nebel der Freiheit nichts von dem überwunden geglaubten Zorn mehr wahrgenommen würde, den sie sich zu eigen machte? In einem fort liegen uns Gewährsleute der Freiheit in den Ohren, soufflieren uns ihren Kanon. Gut möglich, dass, wie viele, auch Roberto sich darin eine Sorglosigkeit erdachte, die das Leben genauso gut abrichtete wie ein läppischer Frühling. Über das Richtige und Falsche musste nicht erst nachgedacht werden. Man brauchte doch nur diesen Stimmen folgend sich wieder einreihen, ganz egal, wohin man auch geraten war.

Von nun an also Boris. Ihm gab Roberto den Vorzug vor allen anderen. Er wollte den Fall gar in Rekordzeit abschließen, wie er es ab sofort für (zeit)gemäß erachtete, den Erfolg seiner Arbeit vom Erreichen einer Bestmarke abhängig zu machen. Endlich gab es nichts mehr, das ihn ablenken würde. Vukomir hatte sich nicht mehr gemeldet. Professor Sonntag war abgehakt. Zum ersten Mal überhaupt stellte er einen Auftrag offiziell zurück, wodurch er sich von der Anstalt prompt eine aber letztlich nur Drohung gebliebene Strafe für Missachtung der Dienstvorschrift einhandelte. Tatsächlich verspürte Roberto seit Vernichtung des Handbuchs eine Befreiung seines in unerfüllbaren Wünschen und Hoffnungen verstrickten Ichs. Erst dadurch schöpfte er den Spielraum, sein von nun an wichtigstes Projekt mit aller Macht voranzutreiben. Er wollte, so der Plan, den Menschen Boris bis in sein innerstes Wesen hinein erkunden, anstatt einfach nur jeden seiner Schritte auf einer Landkarte verzeichnen. Nicht weniger, als sein Geheimnis zu lüften, erwartete er sich davon. Was er in den folgenden Wochen und Monaten in Erfahrung brachte, war ungefähr das Folgende.

Boris wurde im Frühjahr 1953 geboren, demselben Jahr, an dem auch Roberto zur Welt kam. Schauplatz war eine im Süden des Landes gelegene Bezirkshauptstadt, obgleich einigen Hinweisen zur Folge auch geschlossen werden durfte, dass Boris nicht erst im hiesigen Bezirkskrankenhaus, sondern höchst wahrscheinlich noch unterwegs der Mutter entschlüpft war. Seit er also inmitten des von der Nachgeburt auf und auf besudelten Rücksitzes nach Zuneigung quäkte, verstand er sich nicht gerade auf das richtige Timing. Anders gesagt empfand er das vorsätzliche Anschieben eines Ereignisses zu einem vorbedachten Zeitpunkt als der Unehrlichkeit durchaus verwandtes Taktieren, was ihn bereits in frühester Kindheit aus einer nicht weiter ergründbaren Vorher-bestimmung heraus zutiefst widerstrebte. Wo sich mit den Jahren der normale Umgangston verfestigen beginnt, da wiederholte sich eins ums andere Mal ein Widersetzen gegen die (nicht nur politische) Korrektheit. Er konnte dann einfach nicht anders, als es die für kurzsichtig Befundenen noch im unrechtesten Moment richtig spüren zu lassen, was er über sie dachte. Umgekehrt adelte er alles Gehaltvolle, Liebenswürdige und so weiter oft und gern, dass es jenen durchaus peinlich war, weil sie, in der Korrektheit weilend, das Lob oder was es war, für überzogen hielten.

Nichts hatte das mit dem Gehabe des Boris von 1993 gemein, von dem ja, um es hier noch einmal zu wiederholen, berichtet wurde, es sei inspiriert von absolutester Höflichkeit, wessen gegenüber Roberto, und nicht allein er, von vornherein skeptisch, um nicht zu sagen ohne jeden Glauben war. Ein wenig zu pointiert, als dass es nicht in den Verdacht geraten könnte, einem bestimmten Zweck dienlich zu sein. Authentisch jedenfalls das nicht Notlügen, nicht Schönfärben, das X nicht für ein U Vormachen des jungen Burschen dann, so die unisono gleichlautenden Berichte über die frühen sechziger Jahre.

Einem frühreifen Adoleszenten war ein politisches Engagement das vielleicht am wenigsten Anzuratende, um seine, sagen wir, speziellen Ansichten ungeniert in Vortrag zu bringen. Für dementsprechend unpassend befand er daher nach kurzer Verweildauer seine anfängliche Begeisterung für die Organisation, der er sich im intellektuellen Hunger und mangels Alternativen fast zwangsläufig anschließen musste. Das propagierte Bild einer sich kein Blatt vor den Mund nehmenden Verbindung gehörte letztlich auch nur zu den Mythen eines in der Öffentlichkeit ausgetragenen Scheingefechts um die Anwartschaft der Stammtische. Hinter den markigen Sprüchen war bereits abzusehen, dass sie, waren diese Leute erst einmal durch den Unmut der Wähler in Amt und Würden gespült worden, nichts auszurichten vermochten, als für eine kurze, nicht so recht einordenbare Periode »zu regieren«, gleichsam ohne auch nur etwas von dem, gegen das sie einmal agitiert hatten, aufhalten zu können. Hier wie dort sah Boris nur Blöcke gegeneinander stoßen. Schier erdrückt von den immer gleichen Parolen, welche in dem politischen Spiel (ja, hier darf und muss es »Spiel« heißen) dem Gegner auszurichten waren, das Positionen beziehen der Lager, Parteien, Fraktionen eben, beendete Boris sein Gastspiel auf der politischen Bühne so schnell, wie er es als seine Profession kurzzeitig in Erwägung gezogen hatte.

Der Schatten dieser Zeit heftete sich fortan in Gestalt eines Ermittlers an seine Fersen. Die Rädelsführer des Verbandes befürchteten ein Überlaufen und damit die Aufdeckung bereits eingeleiteter Operationen. Auch wenn Boris daraufhin alles Plenarische mied, nur bei dem Gedanken an eine Versammlung oder auch nur eine Amtsstube verzagte, war er immer noch weit entfernt des Alters, da aus dem Nichts der glückliche Alleingänger zum Vorschein kommt. Wer wenn nicht Boris hätte es erahnen können, was die ferne Zukunft vielleicht einmal für ihn bereithielt! Doch nicht einmal er kam auf die Idee, einem mehr als alles andere ihn auszeichnenden »Bei-sich-selbst-Sein« nicht erst durch eine Reihe von Jugendsünden hindurch gewahr zu werden. By the way: Wie auch dem Gefährten des Frühlings widerstehen? Dem Trieb, sich zu sammeln, einer Mannschaft anzugehören, und sei jemand noch so eigensinnig? Dass ausgerechnet der Wehrdienst dann seiner Neigung zur unkorrekten Rede Unterstützung verleihen sollte, veranlasste dann sogar seinen Schatten dazu, mit einer dauerhaften Entwarnung bei der Vereinsführung, sein letztes Honorar einzufordern. Doch davon später.

Warum also Uniform und Befehlsausgabe? Ein jugendlich-rebellischer Kurzschluss kam für die zweifellos fragwürdige Entscheidung nicht infrage. Alles war in Ordnung mit ihm. Ein guter Bursche, wie man sagt, vor allem wenn man in seiner Mannschaft spielte. »Der Boris hatte immer schon gute Hände«, lobten Lehrer unabhängig voneinander sein Talent für Ballsport. Schon glänzten seine Augen, wenn es gegen Ende der Turnstunde ans Wählen für das Abschlussspiel ging. Und er, der Hüne, zumeist nur kurz ganz vorne in der Reihe, in der sie sich immer der Größe nach aufstellen mussten, weil zum Kopf der im Entstehen begriffenen Mannschaft erkoren, das Spiel dann schon halb unter Dach und Fach, bevor der obligatorische Pfiff des Lehrers es überhaupt in Gang gesetzt hatte.

In anderen Fächern bloßes Aussitzen bei ihm. Nicht dass er es an Eifer fehlen ließ oder an Durchblick. Was ihn auszeichnete, war, alles und jenes, nur einmal gehört, gelesen oder gesehen, zu begreifen. Oft staunte die Klasse, wenn er in Mathematik, Chemie, Geschichte, gleich wo, wieder einmal eine treffende Antwort hervorzauberte. Er besaß einfach das, was man einen messerscharfen Hausverstand nennt. Vielleicht noch etwas darüber Hinausgehendes. Eine Gabe. Man konnte sich vorstellen, dass Boris sich dadurch bei einigen Mitschülern nicht gerade beliebt machte. Bei solchen nämlich, die sich mit Müh und Not durch ein Schuljahr quälten, wo es Boris erst am Vorabend einer Schularbeit einfiel, den Stoff noch schnell zu überfliegen. Die übrige Zeit verbrachte er mit Laufen, Werfen und Fangen, tollte er, sobald es das Wetter zuließ, den Sportplatz rauf und runter. Jedes Jahr schlossen er und seine Freunde Wetten darüber ab, ob der unter einer grauen Schneedecke eingepackte Sportplatz in der Karwoche tatsächlich das ersehnte erste Training unter freiem Himmel zuließe. Wobei Boris, ungeduldig auf den ersten frischen Schnitt des Grases, nur dann zu den Gewinnern zählte, wenn die Auferstehung zufällig auf ein spätes Aprilwochenende fiel.

Aber trotzdem Körper und Geist in der Tat in seltener Eintracht beisammen waren, sollte der wie wenige dafür geeignete Junge nicht wie vorgezeichnet die schulische Reife erlangen. So eröffnete er zur Überraschung aller, wenige Wochen vor Beginn des Prüfungsmarathons, zur Matura nicht antreten zu wollen. Und weil der erfolgreiche Schulabschluss angesichts seiner auch gemessen sehr guten Fähigkeiten reine Formsache gewesen wäre, löste die Nachricht bei Lehrern wie Schülern ein mittleres Beben aus. Was war geschehen? Darüber gab es in den gesammelten Berichten wilde, teils sich widersprechende Spekulationen, denen hier im Einzelnen nicht nachgegangen werden kann. So viel aber stand fest: keiner wusste es genau.

Immerhin, aus allen seriösen Einsendungen zu dem Vorfall schälten sich deren drei immer wiederkehrende Feststellungen heraus, die zusammengenommen ein Triangel als zureichendes Erklärungsmuster verfassten. Der EIGENSINN eines früh von sich Überzeugten, für den es ein Hohn gewesen wäre, ein Zeugnis für etwas zu ergattern, das er nicht erst zu erreichen brauchte. Reife und Selbstbewusstsein als seine herausragenden Wesenszüge, wie anderen in seinem Alter die Schüchternheit oder Unbekümmertheit. Oder der auffällige Trieb, in allen erdenklichen Situationen den ABWEICHLER zu spielen. Nur dass es bei ihm jedes Mal der volle Ernst war. Dem Urteil einer Mehrheit allein aus der Lust platten Opponierens heraus ein kategorisches »Nein« entgegenzuschmettern, daran war es Boris zuallerletzt gelegen – als das es in den Augen der anderen aber unausweichlich missverstanden werden musste.

Wie anders meinte es der gute Boris! Wie stark unterschied sich seine Wahrnehmung schon damals, hinderte ihn daran, einfach auf einen fahrenden Zug zu springen. Je mehr Roberto in Erfahrung bringen konnte, desto größere Bewunderung fand er für Boris' Fähigkeit, mit so etwas wie einem sechsten Sinn das »Über-den-Sinnen-Schwebende« einfangen zu können. Dabei das noch und noch, so erst nach dem Ausmerzen jeglicher Eigenart, ja schlimmster Zensur, als mehrheitsfähig herauskristallisierende Verständnis, der in vielerlei Köpfe hineinverpflanzte Winkelzug. Hierbei nun schon ganz bei der Namensfindung des in Aussicht gestellten Triangels! Dieses vielleicht am wenigsten vermutet hinter der Geschichte von dem LEICHTGLÄUBIGEN Jungen, wie sie ebenfalls erzählt wurde. Einem der sich dazu verleiten ließ, gar nicht erst alle Nachweise eines gut bürgerlichen Lebenslaufes einzusammeln, sondern auf der Stelle, keine Zeit mehr vergeudend, und seien es nur die paar Monate bis zur Matura, »produktiv« zu werden.

Eine Spätfolge vielleicht auf den Tod des älteren Bruders Ulrich im dritten Oberstufenjahr, den er zunächst stoisch, mehr als eine kondolierende denn verwandte Person verfolgte. Bis die Ausläufer der seelischen Erschütterung ihn schließlich, von der Erinnerung des sich jährenden Ereignisses angefochten, doch noch erreichten und nachträglich, dafür umso heftiger, das der

Tatsache fehlende Einverständnis, so ohne Weiteres in den Stand eines Einzelkindes versetzt worden zu sein, als bohrenden Schmerz verabreichte.

In den Kapriolen des Aprils '71 also nicht die alljährlichen Freudensprünge. Kein Buhlen um den ersten Wurf am Sportplatz, noch nicht einmal die obligate Schneewette (mit Chancen diesmal für beide Seiten, denn der Karfreitag ein nicht früher, aber auch nicht später 9. April). Und wieso, so dachte Boris wohl, sollte er gerade jetzt allein bleiben und sich nicht einer Gemeinschaft anschließen, wenn sogar im ganzen Land die Stimmung langsam kippte. Die Gemüter waren erhitzt, weil Befürchtungen im Raume standen, ein von Siegeln behütetes Zugeständnis, wie es das Kriegsende mit einer nicht entlang der eigentlichen Sprachscheide zu liegen gekommenen Südgrenze hinterließ, könnte noch einmal in Frage gestellt werden. Landesteile mit hoher Siedlungsdichte fremdsprachiger Minderheiten stünden angeblich kurz vor der Rückeroberung durch südländische Nationalisten. Während also seine Altersgenossen lieber allen Mut zusammennahmen, einem hübschen Mädchen den Hof zu machen, interessierte sich Boris für Alpenslawen, Carantanen und Windische. Wahrscheinlich brauchte es nicht mehr als ein Einfaches »Bist dabei?«, dem er, so angesprochen vielleicht in einer Pause am Schulhof, ein ebenso knappes »Ja« folgen ließ. Ja natürlich war er dabei, wenn sich da eine Mehrheit, noch dazu über Grenzen hinweg aufplusterte. Wie sollte ER es nicht sein?

Doch steuert die Geschicke, wie so häufig nicht allein der Wille des Einzelnen, und verbleiben, so auch hier, die Zügel in des Zu-Falls Händen. Einige der damaligen Vereinsmitglieder erinnerten sich, dass bei der Aufnahme in den Ortsverein Boris' Name anfänglich für deutschen Ursprungs gehalten wurde (das Missgeschick erkennend, suchte man es nur kurze Zeit später durch versteckte Anfeindungen zu korrigieren). Für Boris jedoch war die völkische Dimension der Debatte unerheblich. Richtig aber auch, dass er diesbezüglich keine Berührungsängste unterhielt.

Das, worum es ging, musste auf den Tisch. Dafür sah er sich bei der Verbindung am richtigen Platz. Selbst als dann die ersten Beschmierungen publik wurden, änderte das nichts an seiner Einstellung. Damit nicht genug, übersah er in seinem Eifer die subtilen, gegen seine eigene Person gerichteten Angriffe. Da hieß es unter anderem, junge Eltern sollten vorsichtiger umgehen bei der Namenswahl für ihre kleinen Schätze, damit sie nicht in den Verdacht gerieten, den Separatisten Schützenhilfe zu gewähren. Namen wie der seinige dürften einem der ihrigen nicht leichtfertig umgehängt werden. Boris meinte dazu, wenn er es recht überlege, haben seine Eltern da wohl einen Fehler begangen, und er selbst sei ja mit seinem Namen seit er denken konnte unzufrieden, jedoch mehr wegen seines ihm nie eingängig gewordenen Klanges, was wohl auch damit zu tun haben musste, dass er tatsächlich keinen Tropfen slawischen Blutes in sich trug. Ein Gedanke, den er mit zunehmendem Alter variierte; der Klang nämlich nur in der Aussprache des Mehrheitsvolkes ein fremder! Es genügte einige Meter über die Grenze zu gehen, um dem Namen »Boris« durch das natürlichste aller Zäpfchen-RRRs eine geheimnisvolle Magie einzuhauchen. Aber um genau zu sein, begann das Mutterland gerollter R-Laute schon diesseits, in den seit alters mit denselben Leuten besiedelten Bezirken des Inlandes.

Von einem gewissen Josef K. stammte die Schilderung einer Begebenheit, welche für den neunzehnjährigen Neo-Aktivisten eine neuerliche Kehrtwende einleiten sollte. Richtiger zu sprechen von einem Klarwerden und Einsickern in der Folge der Ereignisse, denn Abrücken von der Überzeugung, stets nur der eigenen Nase Folge zu leisten. Aus freien Stücken ablassen konnte Boris davon nicht. Jedenfalls nicht ohne erheblichen Verlust seiner Eigenständigkeit, solches nur denkbar in der Folge schwerer Traumata, nach Folter zum Beispiel oder dem Verhör von Geheimdiensten der übelsten Sorte. K. oblag zu diesem Zeitpunkt die Koordination von Demonstrationen. Kein ausgesprochener

Falke in den Reihen der Landesverteidiger, aber ein Mann mit Ausstrahlung, auch auf den jungen Boris. Die nachfolgend skizzierte Auseinandersetzung zwischen Wortführern des radikalen und moderaten Flügels um die Fortführung der Campagne datiert auf den Herbst 1972.

»Zum Aus-da-Haut-Foahrn is dos! Wo kemma do einglich hin!«

»I kaun's da sågn, Wolfgang, die manen, dass dos ållas woa. Åba waun's amol åwerullt …«

»So is, Harald! Mia sein die anzigen, die dos iberraisn. Damit's åba d'ondarn a iberraisn, miaß ma's endlih sölbst in d'Haund nehman.«

Die Cousins Wolfgang und Harald Ettl hatten immer schon für eine härtere Gangart plädiert. Nur echter Widerstand konnte in ihren Augen etwas bewirken. Und auch Josef sah inzwischen ein, dass eine Eskalation des Konflikts nach den spärlichen Erfolgen der letzten Monate unumgänglich war.

»Olsdonn. Waun sa's aufstölln, dann dauna mit die Taferln! Wird åba ka scheane Såhe. Olle wern's daun geng ins sein. Wer waß, eppa sogoa d'Insriga.«

»Dos glabst nit, Josef. S'Laund woart do nua drauf. Wiast scho seha!«

Darauf Josef mit einer Hand ihm ein kurzes Innehalten ablockend:

»Wos song d'ondarn? Boris? Mohast mit?«

Dieser ganz bei sich:

»Wenn ich ehrlich bin, ja, dann führt kein Weg daran vorbei.«

»A G'setz is do au a G'setz!«, fuhr Josef ihm dazwischen.

Boris überlegte es sich kurz und bestätigte dann durch beidseits zur Decke hin gerichtete Handflächen, dass er auch gegen diesen Satz nichts einzuwenden hätte. Aber, so las es K. in den Augen seines Zöglings, irgendetwas ließ ihn so eben bedenken, dass er bei alledem einem Irrtum aufgesessen wäre. Nicht wegen des Entschlusses, der Schule den Rücken zu kehren, nicht des bevorstehenden »Sturmes« wegen, reute es ihn. Aber ein Pflänzchen einer Befürchtung hatte sich in der Beobachtung der Auseinandersetzung in ihm aufgerichtet.

»… s'Laund woart do nua drauf!«

Das Echo dieses Satzes hatte ein wenig länger nachgeklungen als die anderen, währenddessen er noch seine Meinungsgleiche bezeugte. Mit einem Mal dröhnte die verdächtige Stille in Boris' Ohren. Nicht zu akzeptieren, was der Rechtsstaat nun einmal vorschrieb, umgab jede ihrer Versammlungen mit dem Geruch des Verbotenen, eines im Untergrund agierenden Geheimbundes, dem es Boris erst gar nicht angesehen hatte, dass er keineswegs die Meinung nur einiger weniger Fanatiker vertrat! Bei ihm kam nur zum Vorschein, was in der Bevölkerung längst der Fall war, aber nicht zum Ausdruck kommen durfte als allein durch ein krampfhaftes Stillehalten, welches sich jetzt für Boris in die lautest mögliche Zustimmung einer großen Mehrheit verwandelte. Überall wo sie aufkreuzten, freie Bahn! Auffälliges Wegschauen der Behörden bei wiederholter Zuwiderhandlung gegen die Verfassung der Republik. Es hieß sogar, Polizisten hätten sich öfter in ziviler Kluft an der Selbstjustiz beteiligt, als versucht, die Straftaten, wie es ihrer Profession entsprach, zu vereiteln. Boris' kleines Pflänzchen sprießte bald wie eine von der Sonne geweckte Weinrebe aus allen Augen.

Den eigentlichen »Sturm« entnahm er dann schon den Zeitungen. Zuvor war er sang- und klanglos ausgestiegen – war NICHT mehr dabei. Hinterher keine Wehmut, keine Anklage, auch nicht gegen sich selbst. Kein richtig oder falsch, kein »endlich vorbei«. Nichts von dem entsprang seinem Herzen. Von außen hatte er es dem Apfel nicht angesehen, dass er sauer, an einer Seite gar faul und ungenießbar war. Mit leichtem Ekel spuckte er den Bissen aus. So passiert es halt, wenn man hungrig ist.

In diesen Tagen ereilte Boris ein Brief der Stellungskommission. Er sollte sich zwecks Bemusterung unverzüglich im Militärkommando der Landescapitale einfinden. Einrückungstermin war der März, im Terminus technicus des Bundesheeres der ET3/73. Weil ihn nichts daran zweifeln ließ, in höchstem Grade für tauglich befunden, das Feld für die nächsten zur Stellung einrückenden Wehrmänner räumen zu können, stand Boris in Gedanken bereits häufiger auf dem Exerzierplatz des Kasernenareals als anderswo.

Roberto erinnerte sich dabei noch gut an seine eigene Musterung und wie sich einige einen Spaß daraus machten, sich urplötzlich auf die einfachsten Fragen keinen Reim mehr machen zu können oder Aufgabenstellungen von der Qualität einer Gleichung mit einer Variable, als wären es die verzwacktesten Rätsel der Menschheit, völlig hilflos gegenüberzustehen. Andere wiederum ersparten sich das Theater und brachten in rauen Mengen ärztliche Atteste zu verletzten Knie- und Sprunggelenken, Plattfüßen, Klumpfüßen, Allergien gegen beinahe alle heimischen Gräser, nicht zu vergessen die Atemwegserkrankungen mit latenter Erstickungsgefahr (wovon die gesamte Fußballmannschaft seines Heimatortes befallen schien) gleich mit zur Stellung. Roberto wollte sich, trotzdem er alles andere als scharf auf den Dienst mit der Waffe war, nichts erschwindeln. Vor allem liebte er die Bewegung über alles, war stolz auf sein Geschick und seine Fitness. Wie konnte er das auch nur für eine Minute herunterspielen, und sei es auch nur einem zu Friedenszeiten naheliegendem Bedürfnis zuliebe, den Krieg, Krieg sein zu lassen.

Seit Jahren nicht mehr erzählte Geschichten tauchten das ermattete Bild jener Zeit erneut in bunte Farben. Es war eine gute Zeit, vielleicht sogar der Lebensabschnitt, der ihm am Gelungensten erschien. Ein Zwanzigjähriger, mit dem es durchging. Das auskostend, was vielleicht den Begriff Freiheit zum ersten Mal wirklich verdiente: Dann, wenn auch das letzte Quäntchen an Gefolgschaft aufgekündigt, man sich selber in der Ordnung halten musste. Ordnung hier eine geschlossene Flanke des noch ungestümen Treibens! So zwar, dass der aus dem Elternhause

Eingeschränkte das, was er die längste Zeit schon immer besser wusste, endlich zur Bewährung ausgesetzt erhielt. Nicht mehr gefeit vor einer Dummheit, wo eben noch ein Schritt über das Erlaubte hinweg das Falsche so übermächtig diktiert – Freiheit des eigenen Fehltritts als diejenige welche! So abenteuerlich fühlte es sich auch Jahrzehnte später noch an.

Obgleich neben Schul- und Wahlpflicht jedem männlichen Staatsbürger eine dritte, nämlich die Wehrpflicht, abverlangt wurde, musste sie im Fall von Boris erst gar nicht durchgesetzt werden. Auch er besaß nämlich einen ärztlichen Befund über ein ihn rückwärtig neckendes Leiden, ausreichend, ihn seiner staatsbürgerlichen Pflicht zu entheben. Während also das Gros seines Jahrgangs partout nicht darauf verzichten wollte, den Mangel eines nach Unternehmungen dürstenden Volljährigen sofort zu beseitigen, hatte Boris die Unverfrorenheit besessen, es als höchste Äußerung des freien Willens zu verstehen, sich just bei einsetzender Entfaltung der Persönlichkeit bedingungslos einem System der Befehle und Zwänge unterzuordnen. Die trotz anders lautenden Bemühungen im Spätwinter zusammen mit Boris zum ersten Morgenappell antreten mussten litten dann naturgemäß am meisten unter den Beschränkungen. Er jedoch akzeptierte es als legitime Möglichkeit. Roberto gegenüber formulierte er es einmal trefflicher, nämlich, dass er nichts mehr hasste, als die in ihren Häusern und Gärten eingezäunten Privatiers, »denen es nicht geschadet hätte, in ihrem Leben einmal einen ordentlichen Fußtritt in den Arsch verpasst zu bekommen.« Es zum letzten Mal genießen, an der Verantwortung eines Ganzen mitzutragen, bevor man sich endgültig verbarrikadierte. Einmal noch bedingungslos zusammenhalten!

Roberto störten die teils rauen Sitten im Korps keineswegs, weil sie für ihn kein bloßes Kommandieren, keine Schikane bedeuteten. Alles leitete sich von einer einzigen Prämisse ab: das Korps zu dem zu machen, was es schon dem Begriffe nach sein sollte. Alles nur eine Frage, ob man bereit dazu war, für eine überschaubare Dauer von einigen Monaten seinen Egoismus im Zaum zu halten.

Der Umfang des Berichts, welcher sogar den Autor dieser Zeilen zuletzt in ein Erzählen geraten hat lassen, das mittlerweile die Ausstattung eines Romans erreicht hatte, verblüffte selbst die Auftraggeber der Untersuchung. Tagelang feilte Roberto an kaum erwähnenswerten Details. Es war ja durchaus nicht so, dass sich aus den vorliegenden Stellungnahmen ein durchgängiges Bild ergeben hätte, wie es das bis hierhin Dargelegte vielleicht den Anschein haben mochte. Fehlende oder nur bruchstückhaft vorhandene Stellen in Boris' Biographie gab es zur Genüge. Stundenlang stenographierte er dann Aussagen von Personen, die sich von Robertos oftmaligen Anrufen noch nicht allzu genervt zeigten; erfüllte so die nämlichen Passagen mit Leben. Das Gestocher in jemandes Fußstapfen, wie er es betrieb, grenzte indes an puren Fanatismus. Alle Aufmerksamkeit richtete sich auf die Erstellung eines Gemäldes, bei dem der Künstler nicht nur der Intuition folgend Farbkleckse auf die Leinwand auftrug, sondern sich gehörig, da wie dort womöglich etwas zu selbstverliebt einmengte. Gelegentlich musste Roberto bei der Durchsicht des Tagwerks feststellen, wie der langsam zur Obsession sich aufbauschende Glaube, hier womöglich einer sich herausschälenden Wesensgleichheit auf die Schliche gekommen zu sein, an einigen Stellen des Textes ihn sein eigenes Erleben heimlich in dasjenige von Boris hat unterschieben lassen. Der Sinn und Zweck des ganzen Unterfangens, nämlich nach Motiven seines frühzeitigen Ausscheidens zu suchen, ihn gegebenenfalls am Seitenwechsel noch zu hindern, musste für ein anderes Ziel Platz machen. Roberto wollte jetzt die ganze Geschichte ausgraben. Weniger ging nicht mehr.

War er seit dem Bruch mit Vukomir zumindest ab und an, solange es der Rücken ihm erlaubte, laut nachdenkend im Hof gesichtet worden, ließ er sich dort nun nicht mehr blicken. Auch um das Häferl machte er jetzt einen großen Bogen, so er denn das Areal überhaupt noch verließ. Er sprach mit niemandem mehr, wollte niemanden mehr sehen. Nicht die Arbeit, wie vordem, hinderte ihn daran, sondern eine seltsame Lust, sich für irgendetwas quälen zu müssen. Das ging so weit, dass er nur noch für die allernötigsten Bedürfnisse austrat. Tägliche Körperpflege zählte nicht dazu. In seinem meist versperrten Zimmer hing der Mief von nicht gereinigter Toilette. Kontrolleure, welche, die Ungeduld der Auftraggeber mit Neuigkeiten aus Robertos Werkstatt dämpfend, bei ihm regelmäßig aufschlugen, drängten, kaum dass sie den Gestank vernahmen, schon wieder hinaus ins Freie. Dort drinnen also saß Roberto verschlagener denn je an seinem Tisch, die Geschichte eines Mannes niederschreibend, den er am Ende besser kannte als sich selbst.

Dieser Mann empfahl sich durch überdurchschnittlichen Einsatz für eine Laufbahn beim Militär. Spät. Erst als niemand mehr damit rechnete, bekundete er sein Vorhaben öffentlich. Schon das Soll war eigentlich übererfüllt. So trug er beispielsweise mit Ende des Grundwehrdienstes nicht wie die allermeisten einen, sondern zwei weiße Sterne auf den Schultern. Alles, was er dafür tun musste, war zuhören, nicht übermäßig auffallen, einige Sonderaufgaben erledigen und, am Wichtigsten, dabei tunlichst nicht in den Ruf eines Arschkriechers geraten. Verdächtig, wenn von einer Strebsamkeit Notiz genommen wurde, die bei den Kameraden einen als abstoßend empfundenen Nestgeruch verbreitete. Tadellose Exerzierbereitschaft zum Beispiel. Mitmachen an »vorderster Front«. Hinter der Diensteinteilung vermutete man von vornherein ein abgekartetes Rochieren zum Vorteil einzelner Vorzeigerekruten. Eine kleine Intervention des Gruppenführers in der Unteroffiziersmesse, eine kleine Notiz auf dem Schreibtisch des Spießschreibers, schon konnte ein Dienst ausgefasst oder man über Nacht von der Liste entfernt worden sein. Die Namen derer, die für die besonders ungeliebten Wochenenddienste, sozusagen dem Gipfel des Zumutbaren für Wehrmänner des österreichischen Bundesheeres, vorgesehen waren, registrierte das Kommando mit Argusaugen, sodass es sich schnell herumsprach, wenn da einer bei den »Freisams« und »Samsons« überhaupt nie drankam.

Auch wenn er für einige Zeit zur engeren Auswahl der wahrscheinlich Protegierten gehörte, kümmerte sich Boris nur wenig um Dienstlisten, und ob er seltener wie andere als Charge vom Tag oder als Streife die Nächte wachen Auges durchzubringen hatte oder nicht. Seine Stellung innerhalb des Zuges hatte sich spätestens mit den Ereignissen während eines nächtlichen Marsches entschieden und war seither nicht mehr wieder in Zweifel gezogen worden. Es begab sich, dass ein etwas dicklicher Wehrmann nach nur wenigen Kilometern waldeinwärts über Fußschmerzen klagte. Minuten später war er dann auch schon umgekippt. Der Tross schlängelte sich unbeirrt an ihm vorüber durch das Dickicht. Nur Boris löste sich aus dem Verbund, um die halb auf einer Wurzel, halb auf nasser Walderde zum Liegen gekommene Schildkröte mit ihrem dicken Paket von der Rücken- wieder in die Bauchlage zu drehen. »Schnell!« ermahnte er ihn, sich sogleich wieder zurück ins Glied zu begeben. Aber da waren sie bereits von einem der etwas dahinter stapfenden Gruppenleiter entdeckt worden. Der scherte aus und verlangte nun seinerseits von ihnen beiden, unverzüglich und ohne Widerrede den Marsch fortzusetzen.

»Auf, auf, jetzt! Geschlafen wird nicht. Und Sie, Stadler, sind Sie jetzt etwa unser neuer Sani? Zurück in die Reihe, marsch, marsch!«

»Herr Oberwachtmeister, ich glaube mit seinen Füßen stimmt etwas nicht.« In der Tat steckten seine geschwollenen Stümpfe festgepfropft in den viel zu kleinen Stiefeln. »Herr Oberwachtmeister! Ich trage sein Gepäck und er sich selbst. Schwer genug in diesem Schuhwerk.«

»Wenn Sie meinen, Stadler. Also, vorwärts! Aufschließen! Und dann will ich die ganze Nacht keinen Mucks mehr von euch hören.«

Dieser Wehrmann, dem Boris so uneigennützig unter die Arme gegriffen hatte, war eine der Auskunftspersonen, mit denen Roberto ein persönliches Gespräch führen konnte. Der füllige, mit rasselnden Lungenflügeln wie ein altes Schlachtross dahinschnaubende Mann, dessen Seitenscheitel durchaus Erinnerungen aufkommen ließ, passte haargenau in das Bild des ihm vor gut zwanzig Jahren widerfahrenen Missgeschicks. Er und kein anderer war es, der sich mit schmerzverzerrtem Gesicht aus dem Dreck zog und hernach, dem an Rücken und Brust doppelt bepackten Boris folgend, alles aufbot, um trotz der blutenden Zehen, welche ihm noch Wochen danach, krumm wie sie waren, das Gehen madig machten, nicht abreißen zu lassen. Zwischen den Sätzen blitzte immer noch jene Dankbarkeit auf, die Boris in der Folge höchste Anerkennung beschied.

Von da an achtete man ihn nämlich als jemanden, der sich für nichts zu schade war. Selbst der verstockte Oberwachtmeister mit leichtem Hang zu übertriebener Härte, ließ sich dazu herab, Boris bei einer der folgenden Visiten ein flüchtiges Wort des Lobes zuzusprechen, was es für den ET3/73 nie wieder geben sollte. Indes ließ Boris durchblicken, dass seine Tat in Wahrheit nicht ganz so uneigennützig gewesen war, wie es den Anschein hatte. Auch er kämpfte bei diesem ersten längeren Marsch mit der außerordentlichen Last des großen Sturmgepäcks. Es zog unerbittlich an seinem lädierten Rücken. Bevor er aber selbst den Boden küsste, lag schon ein anderer im Dreck. Der Rest ereignete sich wie berichtet, nur dass Boris instinktiv nach dem zweiten Sturmgepäck griff, was ihm dann, um die Brust gegurtet, ein Gleichgewicht verschaffte, das ihm zu seiner eigenen Überraschung erlaubte, die ganze Schleife zurück zur Kaserne durchzulaufen. Dennoch, die Gefahr, als Arschkriecher abgekanzelt zu werden, war für ihn, bis dass sich die Kameraden im Herbst in alle Himmelsrichtungen verstreuten, gebannt. Boris hatte fortan weder von ihnen, noch von den Gruppenführern und Vizeleutnants etwas zu befürchten.

In den Sommermonaten festigte sich bei ihm die Überzeugung, er besäße also wirklich geeignete Fähigkeiten für den Beruf des Soldaten. Von da an ging alles ein wenig rascher über die Bühne. Die zum Ende des Pflichtdienstes mit jedem Tag lauter werdenden Gesänge der Kameraden erreichten ihn dann, zu anderer Wirkungsstätte versetzt, schon nur noch aus Erzählungen. Nochmalige Versetzung an die Akademie, Abschluss der Offiziersausbildung mit ausgezeichnetem Erfolg. Weswegen der frisch gebackene Leutnant gleich noch für einen der begehrteren Posten in der »Sektion III« des »Amtes für Rüstung und Beschaffung« vorgeschlagen wurde. Begehrt ob der spannenden Aussicht, dem Ministerium auf Produktvorführungen, Messen in Übersee oder sonst wo in Sachen Flug- und Panzerabwehr beratend zur Seite zu stehen. Anders war das mit den Mauscheleien. Zu Dutzenden umrankten sie jeden neuerlichen Vertragsschluss. Kein Geschäft, das nicht, von einem zwielichtigen Lobbyisten eingefädelt, nach Unredlichkeit schmeckte. Unter den Bedingungen striktester Informationssperren und Verschwiegenheitsklauseln bestand Kommunikation zwischen Tür und Angel nur noch im schnittigen Abtausch von Grimassen, aus denen man je nach Gusto alles wie nichts herauslesen konnte. Tarnen und Täuschen war angesagt. Eigenschaften, auf die sich der ansonsten mustergültig führende Leutnant Stadler vielleicht am wenigsten verstand. Die aber, so erfuhr er mit der Zeit, wie die Kalibrierung eines Visiers zu den unumgänglichen Voraussetzungen seiner Arbeit gehörten. Eingeständnis in eine sich abzeichnende Unverträglichkeit. Ein Wetterleuchten fern am Horizont, bei dem eine Ahnung, das noch stumme Zucken würde dereinst sein Unglück über Boris' Haupt ergießen, von Minute zu Minute seine unwiderrufliche Tatsache verfestigte.

Vielleicht war er einfach den einen Tick zu gut bei dem, was er anfasste, dass er sich an einem Ort wiederfinden musste, wo er erneut an bereits für Überwunden geglaubten Schwierigkeiten anstieß. Vielleicht war es aber einfach nur so, dass die Welt, für die man sich durch Fleiß, Erbe, Glück und weiß Gott was qualifizierte, eine ihm weiter nicht zugängliche Physik besaß, und nur darinnen Zurückhaltung zu üben oder den betuchten Eltern ein Schnippchen zu schlagen vermochte es, den wahrlich großen Tugenden zur Entfaltung zu verhelfen. Zurückhaltung! Das nun sowieso ein kaum je beherzigtes Wort, und so konnte er auch dann nicht seinen Mund halten, wenn es ihm eigentlich egal sein konnte, er jedoch eine Ungerechtigkeit ausmachte, und sei es eben nur die wiederholt in ein und denselben Rachen verfütterte Provision – Fingerzeig in Richtung der wieder einmal ausgeboteten politischen Couleur. Schneller als es ihm lieb sein konnte, war sein von der Akademie vorausgeeiltes Renommee verbraucht.

Immer klarer wurde nun, was sich hinter den »anfänglichen Schwierigkeiten« verbarg, welche am Beginn der Untersuchung Erwähnung fanden. Auf diskrete Anfragen von Journalisten der seit den siebziger Jahren an Selbstbewusstsein gewonnenen Investigativpresse, ob es ein Insider wie Boris sich denn vorstellen könne, der Öffentlichkeit wenig zugängliche Geschäftspraktiken bei Rüstungsdeals näher zu erläutern, antwortete er wie schon damals auf dem Schulhof fix mit »ja«. Wie anders denkbar die Co-Existenz des miteinander Unvereinbaren, als verschmolzen zu einem nichtigen Hauch: Dieses mehr eingesogene, denn ausgestoßene »Jhh« paarte Optimismus mit Ernüchterung. Für nichts mehr als ein offenes Wort beging er Verrat. Andererseits war er noch nicht dazu bereit gewesen, für irgendwen, und sei es der Oberbefehlshaber der Streitkräfte, seinen trefflichen Sinn für Gerechtigkeit infrage zu stellen. Also konspirierte er ohne ein Gefühl von Schuld. Von jeher floss seine anstößige Aufrichtigkeit vorbei an der strengen Vorsicht des Gewissens, wo immer ihr eine Schleuse offen stand.

Nach Erscheinen des ersten einer ganzen Serie von Artikeln, in denen das Magazin schonungslos im Dreck der Waffendeals wühlte, bekam der ranghöchste Offizier in Boris' Abteilung einen Anruf von ganz oben. Im kurz darauf per Fax ausgegebenen

Befehlsschreiben des Generalstabes wurde der Oberst aufgefordert, »Maßnahmen zu ergreifen, die weitere Indiskretionen innerhalb seines Stabes ausschlossen«. Im Ergebnis bedeutete dies, dass der wegen auffallenden Verhaltens in Verdacht geratene Leutnant Stadler ab sofort an die kurze Leine genommen wurde. Zunächst durch Erhöhung von Geheimhaltungsstufen für diverse Akten über seine Einsichtsberechtigungen hinaus. Dann, insbesondere von der nicht enden wollenden Berichterstattung sekkiert, auch mittels falscher Fährten und einigermaßen handfesten Drohungen.

Niemand ahnte, dass sich die Intrige unterdessen fleißig weiterspann. Lange nachdem an Boris ein Exempel statuiert wurde, räumte man offiziell die Existenz einer weiteren undichten Stelle ein. Den leitenden Oberst kostete das seinen Job. Zu spät für Boris. Denn angesichts der Kampagne auch gegen seine Person hatte der Oberst bei der Beschaffung noch fehlender Beweise für seine Einzeltäterhypothese kurzerhand nachgeholfen. Es waren dies keine Anschuldigungen. Da reichte es, Boris' Namen vor versammelter Mannschaft gezielt mit der Affäre in Zusammenhang zu bringen. Der Statusbericht zur geplanten Aufrüstung der Panzerabwehr mit Kanonen der neuesten Generation durch Leutnant Stadler im Jour Fixe, gefolgt von den neuesten Enthüllungen der Presse. Zuletzt im Fokus, welch Zufall auch, Ungereimtheiten bei der Anschaffung von Panzerabwehrkanonen, den sogenannten rPAKs. Der Oberst trieb wahrlich eine Menge Esel über die Donau. Mit den Gerüchten traf er die Integrität seines Zieles vernichtend. Es lief alles darauf hinaus, dass das Gerede über Boris, er wäre ein Opportunist, der nicht eine Sekunde zögerte, wenn er denn müsste, seine eigenen Kinder zu verhökern, zu einem Euphemismus für Boris' Reputation innerhalb des Heeres schrumpfte. Für die Sektion III war er damit nicht mehr zu gebrauchen.

Die Versetzung folgte auf dem Fuß. »Hier ist ihr Marschbefehl, Stadler. Melden sie sich in zwei Tagen bei ihrer neuen Dienststelle im Ländle.« Der neue Oberst hatte sich in der kurzen Zeit noch keine rechte Meinung über Boris gebildet. Seine für den Stab ungewöhnlich martialische Ansprache unterstrich jedoch, dass er ihn zwecks Säuberung möglichst schnell, möglichst weit entfernt sehen wollte, um ihn nach Möglichkeit während seines Kommandos nicht wieder zu Gesicht zu bekommen.

Boris fand sich damit leidenschaftslos salutierend ab. Obgleich er keine Anstalten machte, je Kinder in die Welt zu setzen, vielleicht sogar der mittlerweile kundige Leser das an ihm von Grund auf begangene Unrecht ins Treffen führen wollte, befand er für sich selber den »Opportunisten« als höchst zulässige Beschreibung, zumindest von bestimmter Warte aus betrachtet. So gesehen war er mit der Nachricht seiner Versetzung rundherum im Einvernehmen. Denn nicht er (ganz und gar unopportunistisch) wollte sich verändern, sondern allein der neue Anstrich einer veränderten Umgebung würde eine Seite an ihm beleuchten, die, ungleich besonnener, nicht erst zur Kriegserklärung griffe, um sich schadlos zu halten. Nein, nein! Dieses fest in seiner DNA verankerte Selbstverständnis brannte wohl kein zweites Mal so lichterloh, wie unter den Sitten einer durch und durch korrupten Seilschaft, die nichts anderes im Schilde führte, als sich, versteckt vor aller Öffentlichkeit, an den Trögen des Staates den Bauch vollzuschlagen.

Er konnte von Glück sagen, von diesen Herren nicht noch einen Denkzettel mit auf die Reise bekommen zu haben. Unwohl fühlte er sich in den letzten Tagen schon. Spürte stets den Atem eines Racheengels im Genick, wenn er spät nachts noch zu Hause in den Aufzug trat. Es kam niemand, bis er zuletzt selber nicht mehr auftauchte.

* * *

Die Aushändigung des Marschbefehls schloss Robertos vorletztes Kapitel im Fall Boris Stadler. Eine nahtlose Fortsetzung der Geschichte suchte er von da an vergeblich zu erzählen. Im Ländle entwickelte sich der so höfliche wie unbedeutende Mann, den Roberto zuletzt kennengelernt hatte, von dem er sich aber in besonderer Weise angezogen fühlte, ja mehr noch, an dem er etwas abhanden Gekommenes zu erkennen glaubte, auf das er eines Tages wieder Anspruch erheben würde. Roberto hatte keinen Begriff, wovon ihm fehlte, was es war, das zwischenzeitlich ein anderer für ihn verwaltete. Er konnte es nicht einfach zurückverlangen wie einen Gegenstand. Was er wusste, dokumentierte er in seinem biographischen Roman über Boris durch unlauteres Einflechten seines eigenen, nur geringen Aufgebots an Erzählbarem, etwa seinen Erfahrungen als Lobbyist und so weiter. Wo es sich anbot, brachte er sich ganz in die Nähe seines Forschungsobjekts, stellte sich in dessen Schatten. Diese unaufhaltsam fortschreitende Selbstaufgabe machte ihn blind für das so naheliegende Geheimnis, auf dessen Suche er sich insgeheim begeben hatte. Um »zu sehen« musste er noch näher ran. Kein Blatt sollte mehr zwischen ihm und Boris Platz haben, bis dass der Schatten, in den er sich gestellt hatte, zu dem seinigen geworden. Das Objekt, es entäußerte sich seiner Dinglichkeit! Die Konturen Ihrer beider Biographien verschwammen zusehends im Chaos der Fantasterei.

* * *

Bleibt das noch übrige Kapitel zu erzählen. Zurück also an den Beginn. Frühling. 1994. Getrost durfte man das Jahrzehnt, welches Boris im fernen Westen als tadelloser Wirtschaftsoffizier zugebracht hatte, hintan stellen. Nichts Wichtiges, was es wirklich lohnte, hier aufgeführt zu werden; mit der einen Ausnahme vielleicht, dass der manierliche »Prinz«, von Anfang an wie deplatziert wirkend, es irgendwie geschafft hatte, auch in der Provinz seine unkonventionelle Erscheinung nicht für abgehoben erscheinen zu lassen. Über »den Neuen« gedachte man stets als eines etwas zu häufig über Gott und die Welt Nachdenkenden; nie bildete er sich etwas darauf ein, vor alledem setzte er es niemals als Waffe ein, dass er viel mehr wusste, als alle anderen im Regiment zusammengenommen. Auf diese Weise zog sich rasch ein Nebel vor das in vielerlei Augen unehrenhafte Verhalten, weswegen der Leutnant nun in der größtmöglichen Entfernung zum Hauptquartier einen Dienst verrichtete, bei dem er, um es freundlich auszudrücken, nichts mehr kaputt machen konnte: die Versorgung eines nicht existenten Verbandes mit Konserven, Suppenwürfeln und Brot. Eine geradezu unglaubliche Substanzlosigkeit im Vergleich zu früheren Angelegenheiten. Dazu das geschliffene Benehmen, das sich Integrieren in eine Wertegemeinschaft, selbstlos, alternativlos, nutzlos. Für ein stolzes Individuum wie Boris war dies von radikaler Gangart. Es verformte sichtlich sein ganzes Wesen, machte ihn zu einem Clown, dessen natürliches Erscheinungsbild hinter einer Fassade hässlichster Schönfärberei verschwand. Erst als nichts mehr von dem alten Boris Stadler übrig war, erntete er etwas, von dem er geglaubt hatte, es nur mittels Intelligenz, Offenheit und Fleiß erheischen zu können. Zweifellos zeichnete ihn die lange zurückgehaltene Beförderung zum Oberleutnant vielmehr für das exakte Gegenteil aus. Und mehr noch bedrückte Boris der Gedanke, die Heeresführung ehrte damit wohl eigentlich sich selbst für die gelungene Umerziehung ihres einstigen Schützlings.

Mit der so überraschenden, weil nicht mehr erwarteten Fortsetzung seiner Karriere, erwachte in Boris ein lange unterdrücktes Bild von Freiheit. Sie, die wohl ganz eigentlich nicht einzufangen durch ein Bild oder ein Abstraktum. Wen sie angeht, erscheint sie als ein schreckhaftes Etwas, das nur näherkommt, wenn es will, sich eher noch irgendwohin verirrt, und sich gleich wo – im Zimmer, im Lampenschirm, in der warmen Ohrmuschel des halb Entschlafenen – einer wild aufsirrenden Mücke gleich, nichts wie weg ins Freie kreiseln möchte.

Boris hatte sich verkrampft, Stille gehalten, nach Regeln eines faulen Systems gespielt – und wurde genau dafür belohnt! Bitter schmeckte ihm jetzt im Nachhinein die Langeweile des abgelaufenen Jahrzehnts. Darum also drehte sich hier alles! Hierin setzte das gegen Boris gehegte Misstrauen ein, er könnte rückfällig werden, vielleicht doch noch auspacken, sich etwas von dem verloren Geglaubten zurückholen.

∗ ∗ ∗

Des Abends bemerkte Roberto zwischen den kleinen mit Namen und Telefonnummern versehenen Zettelchen ein eigens mit Ausrufezeichen bemaltes Kärtchen. Die Wiener Adresse sagte ihm nichts, doch glaubte er sich daran erinnern zu können, sie der kräftigen Hand eines Militärs entnommen zu haben, der sich dadurch auszeichnete, in den siebziger Jahren nur einige Türen weiter für dasselbe Amt wie Boris gearbeitet zu haben. Da er diesem redseligen Mann irgendwie misstraut hatte, vergaß er um den Hinweis, und nur den übertriebenen Bemühungen des Soldaten zuliebe gab er zu verstehen, wie wichtig ihm diese eine Information »nun wirklich« wäre, indem er vor seinen Augen das Zeichen auftrug, das ihm jetzt umso dringlicher wieder auf die Begebenheit aufmerksam machte.

Drei Tage lang wählte Roberto die Nummer, an dessen Ende ein verlassener Recorder immerzu dringliche Angelegenheiten der bis auf Weiteres nicht anwesenden Betreiber des Anschlusses verlautbarte. Dann entschloss er sich zu einem Lokalaugenschein. Doch zum ersten Mal vielleicht spürte er, wovon Zeugnis nicht erst hier abgelegt. Seit Wochen war er nicht mehr vor die Tür getreten. Längst hatte zum Arbeiten auch das Bett dem Schreibtisch seinen Rang abgelaufen. Roberto war nicht mehr derselbe. Ein schleichender Verfall hatte sich seiner bemächtigt und die Reise nach Wien, auch sie war nicht Abwehr, sondern Teil dieses Verfalls, eine Zuspitzung, enthoben jeglicher Raison. Der ganze vorgebliche Plan, wo nicht mehr als ein Gekritzel auf einem Zettelchen, der Antrag auf mehrtägigen Aufenthalt »zu weiteren

Aufklärungsarbeiten im Fall Boris Stadler« – alles das verheimlichte nur, was sich in Robertos Kopf gar eigentlich zutrug. So verlor es für ihn an Bedeutung, zwischen sich und »dem anderen«, für den er sich ausgab, überhaupt noch zu unterscheiden. Und tatsächlich handelte es sich hierbei nicht etwa um ein perfides Ränkespiel. Auf gewisse Weise war Roberto tatsächlich an Boris' Stelle getreten, war ER geworden!

Als Leutnant Stadler avisierte er auf Band sein baldiges Erscheinen, legte auf und ermaß kein Bisschen die Bedeutung dessen, was ihm da soeben entfahren war, geschweige denn, in welche Gefahr er sich damit begeben hatte. Es wäre ihm gleichgültig gewesen, hätte er etwas davon gespannt. Denn wohin auch sollte er zurückkehren? Zu seiner Arbeit? In sein stickiges Verlies? Roberto hatte die bedingungslose Anwendung seiner für richtig befundenen Werte überzogen und dabei alles verloren, für was es sich zu leben lohnte. Jetzt war er der, für den man, trotz des Offenkundigem noch bis zuletzt nicht wagte, ihn zu halten: ein GEFANGENER! Und das Beste, das man ihm noch wünschen durfte, war der furchtlose Sprung in die Hölle.

Der Anfang der Geschichte

1

Das nicht gerade schmuck eingerichtete Geschäftslokal im 9. Wiener Gemeindebezirk wurde, obgleich nicht als Kanzlei oder einer sonstigen damit verbundenen Profession firmierend, gemeinschaftlich von drei, allesamt in einem bestimmten Naheverhältnis zur Jurisprudenz tätigen Partnern betrieben. Rein äußerlich ließ sich die angebotene Leistung nicht ausmachen. Wie schon die knisternde Ansage auf dem Band des Anrufbeantworters, erweckte die Kanzlei auch vor Ort den Eindruck, als bliebe sie schon mal über Monate unbewirtschaftet – als eines von vielen zur Nachtzeit lichtlosen Fenstern in den wuchtigen Gründerzeitblöcken, bei denen man sich ohnehin fragte, wer dort drinnen eigentlich je zu Gange wäre. Indes waren zumindest zwei der drei Partner seit den Anfängen Ende der siebziger Jahre konstant umtriebig; bis heute engagiert von grauen Eminenzen als eine Art Schutzschild für ihre zwielichtigen Geschäfte.

Vor diesem Hintergrund war klar: Boris würde nur dieses eine Mal empfangen werden. Man hatte sich über ihn informiert und wusste offenbar aus den Büchern, wer er war. Was immer er hier wollte, verhieß nichts Gutes. Der Verdacht lag nahe, dieser Mann rückte ihnen mit irgendwelchem brisanten Material auf die Pelle. Roberto lag es jedoch fern, irgendwen zu erpressen. Er wusste viel zu wenig darüber, womit diese Leute ihr Geld verdienten oder woher sie und Boris sich kannten; was sie aber zu beunruhigen schien.

»Guten Tag Herr Stadler. Wenn Sie nichts dagegen haben, lassen Sie uns gleich zur Sache kommen. Warum sind Sie hier?«

Man empfing Roberto zu zweit in einem nur karg beleuchteten Zimmer. Beide Männer steckten in blauen Anzügen italienischen Zuschnitts. Auch die schlanken Krawatten unterschieden sich kaum in ihrem geradlinigen Muster, sodass man glauben musste, sie beide waren Kunden ein und desselben Mailänder

Schneiders. Ihre Nervosität äußerte sich in krampfhaften Versuchen, dieselbe Nervosität zu verbergen. Körper, Hals, Stimme, alles zog sich zusammen – verschränkte Arme signalisierten Unbehagen. Die Sätze allesamt simpel, Formalismen, die jedwede Verhandlungsbereitschaft negierten. Lockeres Plaudern hörte sich anders an.

Warum sind Sie hier? Roberto wiederholte die ihm gestellte Frage noch und noch im Geiste. Es fiel ihm auf, dass er nie auch nur versehentlich darüber nachgedacht hatte. Und auch jetzt, da er spät, aber doch eingeholt davon Zeugnis ablegen wollte, sperrte sich etwas dagegen, geriet das gewohnte Bild ins Wanken, bis das Inventar kopfüber an der Decke festsaß; der anschließend gleichsam mitabhebende Palaver näher einem Singsang denn bedachtsamer Rede.

»Meine Herren«, skandierte er, »wie fänden Sie es, wenn man einfach vergessen, wenn man das Geschehene ungeschehen machen könnte? Ich persönlich gehe davon aus, in spätestens zwanzig Jahren hat es mit der Hast ein Ende. Denken Sie nicht auch, das Zeitalter der Aufklärung wäre dadurch gänzlich vollendet? Niemand trüge mehr Verantwortung für seine Hinterlassenschaft, weil nichts dergleichen auf der Strecke bliebe. Die Lebenszeit fände Platz in einem unendlich kleinen Punkt, und Zeit als ein Zurück- oder Vorwärtsblicken gehörte der Verg … oh! … na, Sie verstehen schon, was ich meine.«

»Nein. Und wieso drehen Sie ihren Kopf so zur Seite?«

»Vielleicht ist das Geld noch nicht ausreichend dafür gewürdigt worden, wie es dort, wo es sich vervielfältigt, keinen Raum für politisches Gezänk mehr übrig lässt.«

Die Partner atmeten jetzt unisono auf. Wie es aussah, wähnten sie sich in Geldangelegenheiten auf sicherem Terrain. Roberto musste andererseits zusehen, nicht seitlich über die Stuhllehne zu purzeln. Sprechen, singen half dabei. Also sprach, sang er weiter:

»Wieviel Geld werden wir gehortet haben müssen, damit uns das große Vergessen dereinst gelänge?«

»Kommt darauf an, was Sie alles über uns wissen«, unterbrach ihn einer der Partner.

»Wie Ihnen vielleicht zu Ohren gekommen ist, hat mich mein letzter Job nicht sonderlich herausgefordert. So fand ich nebenher etwas Zeit, um alles fein säuberlich zu dokumentieren. Eintausend Seiten unveröffentlichten Materials!« Und weiter: »Ich würde es als einen einzigen, riesigen Krankenakt bezeichnen. Von den darin aufgeführten Symptomen wird ein jedes von einer tiefgründig eingenisteten Entzündung überlagert, die ihre Feuersbrunst wie einen Gürtel um alle Instanzen des Organismus' herum verteilt. Alles erscheint dadurch gelähmt, unfähig zu selbst der kleinsten Lageänderung. Allein die Angst vor dem Brande galoppiert unbedachten Bewegungen voraus. So bleibt das ganze System im Zustand eines leichten, den Organismus betäubenden Fiebers.«

»Wenn Sie uns sonst nichts mehr zu berichten haben, sehen wir keine Notwendigkeit, das Gespräch noch länger fortzusetzen.«

»Nun gut! Sie hatten ihre Chance. Mein alternativer Abnehmer wird sich erfreut zeigen!«

»Wer ist denn ihr alternativer Abnehmer?«

»Professor Sonntag! Ich nehme an, Sie kennen ihn aus dem Fernsehen.«

»Wenn das so ist, würden wir gerne einen Blick in die Akte werfen. Da Sie sie ja offensichtlich nicht bei sich haben, dürfen wir Sie heute Abend noch einmal bei uns begrüßen. Hier ist die Adresse. 20 Uhr. Auf Wiedersehen Herr Stadler.«

Roberto mühte sich beim Verlassen des Raumes eines möglichst unauffälligen Ganges. Allein vor der Tür stürzte die Beherrschtheit rasch in sich zusammen. Ein letzter Satz und er spie das wenige in seinem Magen Befindliche – immerhin! – jenseits des Treppengeländers hinunter auf den alten Steinboden der Eingangshalle.

Unter Tage spielte das Gehirn ihm Streiche wie sonst nur in den unheimlichen Traumgeschichten. Die Nächte, so Roberto die nötige innere Ruhe fand, ihre Dunkelheit zu der seinen zu machen, hingegen bilderlos, wie tot. Und das Erwachen dann immer ein aus dem Totenreich entrücken, ganz anders, wie wenn da die von ihrem Alb gequälten Träumer dem Geschiebe und Geschmelze – plötzlich auffahrend – ein Ende bereiten. Hier ein nur vorläufiger Erlass des noch nicht Anberaumten, noch und noch ein Aussetzen in einen vorbewussten Raum, wo es Roberto an solcher Willenskraft mangelte, die groß genug gewesen wäre, dem Weckruf des anbrechenden Tages Folge zu leisten.

Aber trotz aller ihn schwächenden Erscheinungen hatte er bei der Verabredung mit den Partnern reüssiert. Schnell war sie zu Ende gegangen, aber nicht bevor diese Leute auf irgendetwas angebissen hätten, von dem Roberto aber, nachdem er wieder einigermaßen gefestigt auf den Beinen stand, keinen blassen Schimmer hatte, was es denn gewesen sein mochte. Natürlich ging es um einen unlauteren Profit aus jener Zeit des großen, die nicht mehr ganz so kindliche Republik in Atem haltenden Skandals. Um Geldflüsse, die in den Monaten empfindlichster Wachsamkeit, weil stillgelegt, keinem der damaligen Aufdecker namhaft geworden waren. Doch bleibt all dieses, so passend es sich in die Geschichte von Boris auch einfügt, reinste Spekulation des Erzählers. Denn Roberto, der sich, ermüdet wie er war, um einen befriedigenden Kenntnisstand nicht mehr ernsthaft scherte, konnte den Partnern natürlich nichts davon liefern, für das er so inniglich geworben hatte; was als Zeugnis für eine Vergangenheit eingefordert wurde, die für Roberto schlicht und ergreifend nicht mehr existierte! Zwischen den teilhabenden Personen gab es nicht einen einzigen Berührungspunkt. Jeder agierte in dem Drama für sich allein. Beziehungslos. Streng genommen gab es für den ganzen hier stattfindenden Irrsinn überhaupt nichts Greifbares im Sinne eines »So-und-so-Stellens« oder eines »Dorthin-Gelangens«. Jedenfalls nicht eines maßgebenden, vernünftigen, eines wie immer zu interpretierenden Handelns.

Zwei Möglichkeiten: entweder das letzte Kapitel über Boris vulgo Roberto fand so wie erzählt nicht statt. (Mit einigem Recht wäre zu behaupten, es dürfe so etwas nicht einmal im Traume stattgefunden haben!) Oder wir wurden soeben zu Beisitzern einer »Verwandlung«, wie sie Roberto in der Conclusio seines Handbuchs für die ganze in eine neue Rasse hinaufsteigende Menschheit gefordert hatte. Ein letzter, ultimativer Fortschritt in gefahrlose Tiefen, wie unbeschwerliche Höhen. Nach welchem sogar der in den Zwischenräumen von Individuen, Gemeinden, alten Handelsblöcken oder Staaten klebende Jahrhunderte alte Kitt, alle die verbindenden Geschichten ihre Schuldigkeit getan haben würden. Und als einer der Ersten trat nun Roberto über die Schwelle des neuen Zeitalters der Zeit- und Alterslosigkeit. Nur dass sie nicht die erhoffte Sorglosigkeit vorstreckte. Im Jenseits der Geschichte herrscht Kälte. Und man muss wohl von nordischem Geblüte sein, damit man sich in dieser unwirtlichen Gegend einigermaßen zurechtfindet.

Roberto, das sah man jetzt deutlich, war anderen Ursprungs. Auslachen würden sie ihn oder gleich per Fußtritt verabschieden, so er sich am Abend mit leeren Händen in der Rotenlöwengasse blicken ließe. Aber eigentlich konnte das Wenige von Roberto noch am Geländer Baumelnde ohnehin keine Überlegungen in die eine wie andere Richtung mehr anstellen. Mit seiner Verwandlung einher ging der Verlust des inneren Sinnes, des Vermögens also, Geschehen in sukzessiven Abfolgen, Zug um Zug anzuordnen. Ja, er konnte sich schwerlich daran erinnern, mit wem er soeben in dem Zimmer hinter ihm gesprochen hatte.

Zurück auf der Straße versuchte Roberto erst gar nicht, den blau getünchten Mazda zu finden, den er bei der Herfahrt an einem ihm nicht mehr erinnerlichen Ort abgestellt hatte. Stattdessen irrlichterte er planlos durch die Straßen Wiens. Immer weiter marschierte er gegen heranrollendes Blech entlang des Gürtels – wo es ging, ihn über- oder unterirdisch querend, als wollte er am teuflischsten Winde hochkreuzen. Am Westbahnhof verließ er den Gürtel. Ein Intercity nach Verona wurde ausgerufen. Er beeilte sich, eine Karte zu lösen. Der seinerseits nur noch einbeinig auf dem Bahnsteig wartende Schaffner (das andere Bein bereits halb in einen Waggon gesteckt), wies ihm und zwei knapp dahinter laufenden Männern schon von Weitem an, sich durch die erstbeste Tür in den Zug zu hieven. Wie sich erst viel später herausstellen sollte, waren die Männer in Robertos Schlepptau aber nicht wie er an einer Zugfahrt, als vielmehr daran interessiert, Roberto nicht aus den Augen zu verlieren. Sie gehörten zu einer Organisation, die sich um das Wohlbehalten gefährdeter Interessen kümmerte. An ihren scharf gezeichneten Kinnen unschwer zu erkennen, mit welchen Methoden sie dabei zu Werke gingen, hätte Roberto nur einmal seinen Blick durch den gut gefüllten Großraumwaggon schweifen lassen. Aber die ganze Fahrt über starrte er nur auf das im Fenster sich ihm entgegenwerfende Spiegelbild der beiden ohne Unterlass kichernden Mädchen. Starrte, nachdem sie ausgestiegen waren, weiter auf sein eigenes milchiges Antlitz. Doch empfing er in den letzten noch erkennbaren Strukturen, den wenn auch verwaschenen Farben der vom Tempo des Zuges ausgezogenen Landschaft, ein zuletzt noch leises, ihm von früher her bekanntes Zittern.

Gleich am nächsten Morgen musste er ins Büro des Direktors. Man war verärgert, dass er nicht mit dem Dienstwagen zurückgekehrt war. Nachdem Roberto sein nur noch spärlich vorhandenes Wissen darüber vorgetragen hatte, erklärte ihm der Direktor, dass nach den jüngsten Verletzungen der Dienstordnung sein Engagement im Fall Boris, gleichermaßen seine Freigängererlaubnis zur Disposition stünden. Zudem gäbe es noch immer keine belastenden Beweise, welche dem Kommando im Ländle eine Rechtfertigung verschafft hätten, Boris' Demission noch länger hinauszuzögern. Roberto brachte zu alledem nichts zu seiner Verteidigung vor. Nur eines wollte er: endlich schlafen.

Auf der Rückfahrt hatte er vergeblich auf ihn gewartet. Nun verlangte der Strafdienst für den Fauxpas mit dem Dienstwagen, den Schlaf mit Gewalt zu vertreiben, wodurch er aber zumindest merkte, dass er wirklich müde war. Nach jeder weiteren Attacke rieb er sich die Augen, um sie für eine weitere Minute, ehe sich die Lider erneut herabsenkten, bei Laune zu halten. Zwei Dutzend gesäuberter Toiletten später, streifte er gerade einmal die Schuhe von den Füßen, dann lag er auch schon in voller Montur auf dem von rostigen Federn knatschenden Bett seiner Zelle und schl... Und dieses Mal rumorte es gewaltig. Hellwach im erfüllendsten Schlaf begegnete er einer ganzen Reihe von »alten Bekannten«. Einen nach dem anderen hieß er bei sich willkommen. »Freut mich sehr, meine Dame.« »Mein Herr, lange nicht mehr gesehen.« »Hallo Vuk!« Ja, sogar er ließ es sich nicht nehmen, bei seinem Freunde aufzukreuzen. Roberto war glücklich. Bald waren es so viele, dass sie der Ordnung halber zu mehreren Reihen hintereinander aufgefädelt vor ihm antraten. In der ersten Reihe, angeführt von Professor Sonntag, standen Robertos Klienten, wie sie in seinem Handbuch einmal verewigt waren. Dahinter ein Pulk von »Bekannten und Freunden«, halb verdeckt. Ganz am hinteren Ende glaubte er einen Haarbüschel seiner Mutter erkannt zu haben. Lange musterte Roberto ihre Gesichter, fragte sich dabei, ob sie sich seit ihrer letzten Begegnung verändert hätten. Das war nicht der Fall. Er kam zu dem Schluss, dass kein Einziger von ihnen zu einem Lachen zurückgefunden hätte. Nicht ernst, aber auch nicht stoisch. Vor allem dieses nicht! Ihre Mundwinkel resistent vor jedweder Rührung. Wortlos unterstellten sie Roberto, dass seine Therapie wirkungslos geblieben war. Im Gegenteil, seien sie jetzt bedauerlicherweise nicht mehr nur vom Lachen, sondern in gleichem Maße von dem reinigenden Weinen, in ein noch grausameres Mittelfeld entfernt worden!

Das Defilee begann – trotz des vorherrschenden Unmuts. Noch einmal schritt er die Reihe der »alten Bekannten« ab; blieb bei jedem von ihnen für einen kurzen Wortwechsel stehen (seine an die »Gäste« gerichteten Worte aber weiterhin von beharrlichem Schweigen konterkariert). Erst sie aus der Nähe betrachtend, verstand er etwas von dem Ausmaß seiner Schuld. Ihre Mienen kalt wie Eisenstäbe. Tång, tång. Eine jede, der er gegenübertrat, ein weiterer Schlag ins Gesicht. Der Professor, Necibe, Martha, sie alle gescheiterte Existenzen, denen er im Laufe seiner »Karriere« noch den letzten Tritt in den Abgrund versetzt hatte. Roberto wurde unruhig. Tång, tång, tång, dröhnte das Schlagwerk. Nicht für ihn allein. Er hatte ja den Irrwitz nur länger geglaubt. Eine Therapie für sich nicht für notwendig befunden.

Die »Habt-Acht-Gestelle« formten nun langsam ein Spalier aus Stelen oder Obelisken, durch das Roberto am anderen Ende zwei Männer hervortreten sah. Schnell wurden sie größer und größer, bis die Riesengestalten auf Roberto aufgelaufen waren. Dann begannen sie ein sonderbares Kauderwelsch zu reden. Aufgeregt lehrerhaft; eine vielleicht niemals zuvor gehörte, lebende Fremdsprache. Danach war der Traum zu Ende.

* * *

Als Roberto erwachte, waren zwölf Stunden vergangen, in denen er nicht geschlafen, sondern mit zahlreichen Verwundungen gerungen hatte. Erst nach mehrmaliger Vorstellung, wie es sich anfühlen würde, die Augen zu öffnen, getraute er sich, die Augen auch wirklich einen Spalt breit aufzumachen. Das durch die kleinen Pupillen einfallende Licht, mehr Welle wie Teilchen, wogte vor ihm auf und nieder, sodass er aufpassen musste, nicht zu viel davon aufzuschnappen. Alle anderen Instanzen weilten noch auf der »anderen Seite«. Die böse Vorahnung über das Geschehene ließ Roberto noch Abstand davon nehmen, den taub herumliegenden Teilen seines Körpers sofort eine und sei es auch nur geringe Anspannung abzuverlangen. Er wusste, dass es schlimm um ihn stand. Aber er lebte und er spürte trotz aller Benommenheit eine ihn in die Federn des Bettes hineindrückende Schwere.

Es vergingen weitere fünfzehn, vielleicht dreißig Minuten, ohne dass irgendetwas passierte. Roberto kam die Idee, nach

Hilfe zu rufen. Doch sein stimmloses Fauchen reichte nicht einmal bis zur Sicherheitstür, von wo es noch einmal rund fünfzig Meter weiter bis zum Büro des Wächters waren. Nein, er musste auf anderem Wege ein Lebenszeichen von sich geben, zumal der Eindruck, die ihn bei Bewusstsein haltenden Kräfte würden bald schon zur Neige gehen, sich minütlich in ein reelles Abdriften übergingen.

Als Erstes bewegte er alle zehn Finger. Nicht mehr als ein kurzes Zucken, verteilt auf gleich sämtliche Finger einer Hand, die sich bei einer im Durcheinander befindlichen Befehlskette nicht auseinanderdividieren ließen. Dennoch, die Finger waren heil geblieben, wie auch die Handgelenke beidseits. Das vorsichtige Heranziehen der Unterarme klappte aber schon nicht mehr. Angegriffen von einem Ziehen, das ein Verziehen und Freiliegen eines in mehrere Teile zerbrochenen Knochens erkennen ließ, verlor Roberto die Lust auf weitere Erkundungen. Noch einmal versuchte er lauthals, jetzt panisch, auf sich aufmerksam zu machen, in Seitenlage mehr Druck auf die Stimmbänder zu bekommen. Aber schon der Ansatz einer Verlagerung wirkte wie ein Degen, dessen Stahl satt in lebenswichtiges Gewebe vordrang. Abermals verlor Roberto das Bewusstsein.

* * *

Jedes neuerliche Zwinkern setzte der grauen Scheibe Ohren, Nase, dann Augen und zuletzt den Mund des kreisrunden Gesichts von Doktor Falk hinzu. Der Gefängnisarzt war gerade dabei, in seiner gewohnt direkten Art zu erklären, wie Roberto um Haaresbreite Schlimmerem von der Schippe gesprungen war. »Nicht auszudenken, wenn ich nicht unmittelbar, nachdem Sie nicht zur Kontrolle erschienen waren, die Direktion verständigt hätte. Dann wären Sie jetzt tot.« Wie sich die beiden Männer Zutritt in seine Zelle verschaffen konnten, sei noch Gegenstand einer Untersuchung. Jedenfalls aber hätten sie bei ihm ganze

Arbeit geleistet. Schulterblätter, Claviculae, eigentlich der gesamte Schultergürtel und auch beide am Schwertgriff ansetzenden Rippen ein Trümmerfeld. Schwerer wiegten jedoch die Deformationen der inneren Organe, welche sich teils auf die zerschmetterte Knochensubstanz zurückführen ließen. Als Roberto dann endlich auf einer fahrbaren Trage abtransportiert wurde, erkannte er noch die vor Stunden aus den Platzwunden am Kopf auf das Laken geronnene, mannsgroße Kruste eingetrockneten Blutes.

Auf Anweisung des leitenden Arztes der Strafanstalt wurde Roberto unverzüglich in die Notaufnahme des Landeskrankenhauses überführt. Doktor Falk hatte während seiner langen Amtszeit durchaus schon Furchtbares mit ansehen müssen. Misshandlungen, Vergewaltigungen, Selbsttötungen (gelungene wie misslungene). Das ganze Programm der Gewalttätigkeit eingesperrter Lebewesen, wie sie aus dem innersten, urwüchsigsten Triebe schöpft, genau das nicht sein zu wollen, aber machtlos dabei, wie eine kaum je begreifliche Machtlosigkeit den Lebenswillen zu erschüttern weiß, zu akzeptieren, was niemals akzeptabel. Mag es aus den verworrenen Sätzen herauszulesen sein, wie sich eine gebrochene Seele hinter Gittern wieder und wieder überschlägt, Roberto war auf seine Art ein sonderbares Exemplar, buchstäblich ein Exot, den man in seiner ganzen Aufrichtigkeit am wenigsten von allen verstehen konnte. Der Anblick des Geschundenen schockierte sogar den sonst so nüchternen Doktor. Als wollte er sagen: »Da wusste einer, mit der Situation umzugehen, für sich das Beste herauszuholen. Und diesen einen, den »Guten« unter den »Bösen«, erwischt es von allen am Schlimmsten. Fürwahr unfassbar!«

2

Die Nacht vom 25. auf den 26. Dezember, kurz vor der Jahreswende 1991/92. Im Kreml holte man soeben die rote Fahne mit Hammer, Sichel und Stern im Gösch, Symbol der einstmals so stolzen wie mächtigen Arbeiter- und Bauernunion der Sowjetrepubliken, für das Weiß-Blau-Rot der Russländischen Föderation ein. Und auch andernorts wurde zur gleichen Stunde für Jahre und Jahrzehnte im Voraus Geschichte geschrieben, sodass es mit gutem Grunde dem Eindruck der an sich dramatischen Ereignisse in Moskau anzukreiden war, dass Roberto genau in jener Nacht die vielleicht größte Dummheit seines Lebens beging. Denn es schien, als verleitete die historische Gelegenheit des sich zum Sieger erhobenen Blocks, sich endlich auch nach dem Osten hin auszudehnen, dazu, es auch sonst wo mit der Anständigkeit nicht mehr ganz so genau zu nehmen. Wer auch erdreistete sich noch dagegen, waren doch mit dem »Ende der Geschichte« die dafür zuständigen Mahner hier wie dort abhandengekommen.

Erst ein halbes Jahr arbeitete Roberto für den Lobbyistenverband. Aber schon in jener Anfangszeit beklagte er die Trägheit sowohl der Interessenten, die er vertrat, als auch des Gesetzgebers, dem er sie schmackhaft machen sollte. Nichts ging ihm schnell genug. Damals also wurde er Teil eines etwas anderen Geschäftsmodells. Er sprach lieber von »Erledigungen auf kurzem Dienstweg«. Schnell und wirksam. Die Schädigung des Gemeinwesens in seinen Augen nur vorübergehend, denn spielte er den Postboten nur der Zusage halber, das Geld würde in sogenannten strukturschwachen Regionen schon für den einen oder anderen Arbeitsplatz sorgen.

An den schieren Quantitäten der verschobenen Gelder gemessen, warf Robertos Nebenerwerb nur einen Bruchteil der Provisionen ab, welche ihm für die Einfädelung der teils hochkarätigen Geschäfte wohl eigentlich zustand. Doch fand er für diese ihm nicht verborgen gebliebene Benachteiligung in anderthalb Jahren seines Wirkens weder eine passende Gelegenheit noch eine Adresse, um sie aus der Welt zu schaffen. Ab dem 26. Oktober 1993 musste er sich darüber keine Gedanken mehr machen. An diesem Tag verstricht nämlich die Berufungsfrist gegen das Urteil des Landesgerichts Innsbruck, das da lautete: vier Jahre unbedingte Freiheitsstrafe. Nicht anders als den Meisten war ihm dabei zumute gewesen. Fast irreal erschien ihm das Bevorstehende. Das ja. Panisch, wie manche kreischend aus dem Gerichtssaal Gezerrten, war Roberto aber keineswegs. Er wusste, was er getan hatte, und dass es nicht ohne Konsequenzen bleiben konnte. Bedacht hatte er sie im Vorfeld keine Sekunde. Einmal mehr war er kopflos in ein Abenteuer gestürzt, das ihm, bis auf einen müden Groschen nichts als Ärger einhandeln würde. Aus Prinzip, wie er vorgab, wenn Kollegen, die wussten, was er nebenher anfing, ihn darauf ansprachen. Dann faselte er meist von der Notwendigkeit des Handelns, davon, dass das Mögliche über das Wirkliche gestellt werden müsse oder anderem, schwer verständlichem Zeug. Weiter nichts als die Marotte eines wunderlichen Entrepreneurs mit sicherem Händchen für das wirksamste Gift einer jeden Unternehmung: dem Unrentablen.

All dieses wurd' zu früherem Anlasse schon einmal bemerkt und sollte an dieser Stelle lediglich in Erinnerung gerufen werden. Das Auseinanderdriften von Misswirtschaft und einem Fleiß, der mit Fug und Recht als ein Arbeitsethos zu bezeichnen war, so merkwürdig und tragisch in einem, dass sich die Wiederholung geradezu aufdrängte, damit der Leser ein klein wenig Verständnis dafür aufbringen würde, was ihn am Ende mit so harter Bestrafung bezahlen ließ. Denn man wäre dem Verhängnis Robertos nicht in seiner ganzen Tragweite einsichtig geworden, würde es nur an eine singuläre Tätlichkeit geknüpft. Weil er sich als ein Mitgestalter verstand, obgleich es – schon gar nicht von ihm – lange nichts mehr zu gestalten gab, weil er stets das »Gute« hinter dem »Bösen« vermutete, ohne zu bemerken, dass er damit einer mephistophelischen Ideologie unter die Arme griff, und weil er niemals die hier geäußerten Bedenken für sich in Anspruch genommen hätte, war er nicht erst jetzt sondern Zeit seines Lebens ein GEFANGENER gewesen! Und vielleicht mag man es nun etwas klarer sehen, warum er dem Urteil so gelassen gegenübertrat, bestand doch gerade dessenthalben eine Kontinuität vor und nach seiner Festnahme. Eingesperrt zu sein schien ihm nichts Fremdes. Vier Jahre an einem Ort verbannt, nicht Lobbyist zu sein, nichts Vorwärtsbringen, nicht Geld zu verdienen; selbst alles das zusammengenommen, betrachtete er nur als ein weiteres ihm auferlegtes »Programm«, eben einen Auftrag, den es auszuführen galt. Wem das alles, weil zu abstrakt, die Neugierde ungestillt belässt, der wolle sich nun zurückversetzen in …

* * *

… die Tage nach seines und Vukomirs Handschlag an der italienisch-österreichischen Staatengrenze. Nun musste also doch irgendetwas die Runde gemacht haben. Eine Nachricht von den beiden ausgesetzten Polizisten? Die österreichischen Behörden waren jedenfalls auffallend präsent in diesen Stunden und Tagen für eine Ecke des Landes, in der für gewöhnlich die kleinen Schlangen hinter unbeeindruckt auf ihren Traktoren sitzenden Bauern das Straßenbild dominierten. Es nötigte Roberto und seine serbische Entourage dazu, das lediglich für ein Sammeln und kurzes Krafttanken gleich nach der Grenze in einer Baracke zu Arnbach eingerichtete Lager für Tage nicht zu verlassen. Erst als Wasser und Verpflegung zur Neige gingen, musste etwas unternommen werden, obgleich der Verkehr, die Geschäftigkeit der Bevölkerung, ja selbst das Durcheinander der Lerchen und Amseln da immer noch eine auffallende Hektik versprühten.

Der Zufall wollte es, dass nicht weit von dem Verschlag ein spektakulärer Unfall zweier miteinander kollidierter Fahrzeuge für eine Weile die Straßen des Dorfes leerfegte. Die Luft war also rein, wie man sagt. Während sich die Einsatzkräfte um die schwerverletzten Wagenlenker kümmerten, Schaulustige über den Unfallhergang mutmaßten, bei dem es auf dem schnurgeraden Stück Landstraße mit dem Teufel zugegangen sein musste, dass sich, noch dazu bei klarstem Morgenlicht, ein so fataler Fehler hatte zutragen können, nutzte Roberto die Gunst der Stunde, mit seinem Gefolge nun auch den finalen Marsch an die etwas im Landesinneren gelegene Sammelstelle, einem zumeist leerstehenden Parkplatz, in Angriff zu nehmen. Von dort aus sollten sie noch in der Nacht auf die Arbeitsstätten verteilt werden. Roberto, der Namen und Usancen der Interessenten kannte, mit Ausnahme des Auftrags, die Leute über die Grenze zu schleusen, aber nichts mit der Sache zu tun hatte, erlaubte sich kein Urteil darüber, welches von beiden ein größeres Übel darstellte: ein nicht unbeträchtliches Risiko, auf offener Straße in die Kugel eines Scharfschützen zu laufen, oder vielleicht doch der jeweiligen Güte eines durchtriebenen Kapitalisten auf Gedeih und Verderb ausgeliefert zu sein. Weswegen er sich gegenüber den häufiger gewordenen Fragen auch nicht weiter ausließ. Sie, was die nahe Zukunft der Auswanderer betraf, geflissentlich ignorierte. Seine Aufgabe bestand darin, A zu verlassen und B zu erreichen. So einfach. Allein das sollte sie nicht werden.

Schon in der Früh, kurz vor dem Unfall, ein erster Schrecken. Drazens und Aleksandars Schlafsäcke waren leer. Offenbar waren sie, des Wartens überdrüssig, auf und davon. Eine Gefahr für die ganze Gruppe und obendrein ein schlechtes Omen. Kurz darauf das unüberhörbare Krachen der zerschellenden Blechkörper. Bis zum Mittag war das halbe Dorf am Unfallort versammelt. Die andere Hälfte saß unter dem Herrgottswinkel. Ein Geschenk des Himmels, um es den Vorausgeeilten gleich zu tun. Doch nach wenigen Metern hieß es umkehren. Eine Straßensperre stellte sich ihnen von Weitem sichtbar in den Weg. Nur ein erster Vorgeschmack für das, was sie auf den letzten Kilometern ihrer beschwerlichen Reise noch erwartete, denn an diesem Tag sollten die Pannen, Kursänderungen, Unterbrechungen, sollte ein beständiges »Vor-und-zurück« zum Schrittmacher ihrer Bewegungen werden. Nach zwei Wochen beständigen Anrennens, fiel es Ihnen deutlich schwerer, Leidenschaft zu entwickeln für das, was vor ihnen lag. Jedes neuerliche Anhalten, Warten ließ sie schwarzsehen, mochte die Begründung auch noch so einleuchten. Und irgendwie schien es tatsächlich, als wollte ihnen auf dem letzten Teilstück »ein Jemand« noch zum Spaße das Leben schwer machen.

Der souveräne Gestalter, für den Roberto sich hielt, er war nun machtlos gegen den Verlauf der Dinge, der, wo und wann er es für richtig hielt, ein weiteres Umkehren in einer weiteren Sackgasse seinen ausgeklügelten Plänen vorzog. Selbst die Zeit beugte sich den aufkommenden Zweifeln, jemals irgendwo anzukommen, streckte etwa die wenigen Gehminuten zurück ins Versteck lang und länger in eine kleine Ewigkeit. Das eine, die Ewigkeit, nur ein anderer Name für die Verzweiflung, da die Zeit doch brüchig, wenn sie nicht mehr an den Armen festgebunden, unter ständiger Beobachtung verfließt, wenn sie weit und weiter ihre beiden Enden auseinanderklaffen lässt, bis dass der Zwei-Falt einen auffrisst.

Sie warteten also den Nachmittag zu. Roberto sah nun doch im Abklingen des Tohuwabohus die bessere Voraussetzung für einen neuerlichen Versuch. Die Räumung der Unfallstelle erstreckte sich den ganzen Nachmittag über. Roberto beobachtete alles hinter einer verlassenen Scheune eingangs der nämlichen Straße. Fleißige Helfer grasten die Flurböden zur Linken wie zur Rechten Quadratmeter für Quadratmeter ab, bückten sich dann und wann sogar, wenngleich der symmetrisch geformte Erdklumpen oder die polierte Oberfläche eines im flacher werdenden Lichte ein Wrackteil imitierenden Lesesteins sogleich wieder in Richtung des bereits abgesuchten Terrains beerdigt wurde. Umso lauter dann die Rufe eines Fündigen, wenn sich so Besonderes wie ein Seitenspiegel zwischen den Grasbüscheln hervortat.

So ging es, bis die letzten Splitter einige hundert Meter vor, hinter und seitlich des Einschlages entdeckt waren.

»Let's get started!« Zurück im Versteck drängte Roberto auf den schnellen Aufbruch. Der Moment war günstig. Zudem beschlich ihn eine Ahnung, der angeheuerte Fahrer könnte, trotz der versprochenen fünftausend Schillinge, womöglich der Geduldsfaden gerissen sein. Allein sein Tatendrang stieß auf unfruchtbaren Boden. Niemand wollte es ihm gleichtun. Mit Roberto kehrten auch die Zweifel wieder, ob seinen Einschätzungen noch zu trauen wäre. Warum nur wieder in die sich ankündigende Nacht hineinrennen? Seit sie von Rodoč aus gestartet waren, behielt das modrige Versteck sie zum ersten Male für mehr als einen Tag in Obhut. Das war den hungrigen Heimatlosen vorerst genug an Nahrung. Erst Vukomirs Appell, jetzt nicht aufzugeben, dem Tod von Antonije einen Sinn zu geben und so weiter und so fort – auch seine Worte klangen jetzt schal – überzeugten seine Landsleute ein vielleicht letztes Mal.

Im Gänsemarsch ging es die befreite Landstraße entlang weiter, durch ein menschenleeres, beidseits der Straße von Wald bedecktes Stück Land. Es war schon einigermaßen dunkel geworden, da spannte sich einer der Mannen auf dem holprigen Bankett, worauf er unachtsam das ganze Gewicht nicht auf der Sohle, sondern mit dem Seitenrist des anderen Fußes auffing, sodass es das Sprunggelenk auseinanderdehnte bis es knallte. Der Pechvogel hieß Cjelko und war sicherlich der schwerste von allen gewesen. Innerhalb weniger Sekunden wuchs dort, wo das Seitenband normalerweise unauffällig unter der Haut verläuft, eine marillengroße Schwulst heraus. Verbandszeug gab es keines. Auch keinen Wasserlauf, der Kühlung versprach. Also wartete man, bis Cjelko das Brennen einigermaßen verkraften konnte. Doch im Stehen füllte sich das Gewebe unweigerlich mit dem pochenden Blut und zündete an der Stelle des Risses ein Feuerwerk, das ihm jedes weitere Auftreten verleidete. Für Cjelko war die Flucht hiermit beendet. Dass die anderen versprachen, ihn so schnell es ging auflesen zu wollen, war ihm einerlei. Nicht anders der Gedanke an eine warme Mahlzeit oder ein weiches Bett zur rechten Schlafenszeit. Er wollte jetzt nur noch sitzen und warten. Auf was auch immer.

Für die anderen ging es auch ohne Cjelko jetzt kaum noch vorwärts. Nur die Vermeidung des Stillstands rechtfertigte den hierfür zu verwendenden Ausdruck, denn »auf Sicht« bedeutete hier ein blindes Vortasten durch wildes Gestrüpp, die gut befahrene Chaussee jetzt in deutlichem Abstand haltend. Aber selbst wenn nicht ein kleiner Teufel Robertos Taschenlampe im denkbar ungünstigsten Moment außer Dienst gestellt hätte, in der fortschreitenden Dunkelheit der mondlosen Nacht musste man das auftauchende Geäst und anderen Unrat so oder so möglichst harmlos touchieren lassen.

Es dauerte geschlagene zwei Stunden, bis sie den Parkplatz erreichten, an dem eigentlich ein Gefährt zum Weitertransport hätte bereitstehen sollen. Einige aus der Gruppe verloren jetzt endgültig die Geduld, weil Roberto verunsichert auf dem leeren Gelände umherirrte. Zum Glück fand er schnell, wonach er suchte. Der Transporter war da! Gut versteckt hinter einem meterhohen Stapel dicker Baumstämme. Der Fahrer allerdings war, wie befürchtet, abgängig und die Fahrertür verschlossen. Es war vorbei. Ratlos setzte sich Roberto auf den Boden. Es macht keinen Sinn, dachte er. Wenn das Fahrzeug noch da ist und der Fahrer nicht, wieso ist es dann verschlossen? Vukomir setzte sich zu ihm und starrte ihn fragend an. Roberto winkte ab.

»I have no idea, what's going on.«

»Vielleicht ist etwas nicht in Ordnung!«

»Träum ich, oder war das eben auf Deutsch?« Er befand, dass er träumte. Suchte deshalb nach den wenigen hervorblinzelnden Sternen am bedeckten Himmel, bis Roberto eine Erkenntnis wieder in die Gänge brachte. »Los! Hurry up! We have to leave.«

Vukomir wollte noch fragen, welchen Weg sie nehmen sollten. Doch Roberto war schon aufgesprungen und gedachte, in der

Hoffnung, einen Glückstreffer zu landen, im Erdreich, in den Ecken und Kanten des Fahrerhauses, auf der Laderampe, überall am Fahrzeug nach dem Schlüssel zu suchen. Ohne den Schlüssel macht es keinen Sinn, dachte er neuerlich. Sein Gefühl hatte ihn nicht getäuscht. Der Schlepper Roberto saß in der Falle.

In ihrem landstreicherhaften Aufzug waren Drazen und Aleksandar am Morgen nicht weit gekommen. Bei der Einvernahme am Bezirksgendarmeriekommando Lienz zeigten sie sich willens, war erstmal ein der serbischen Sprache Mächtiger gefunden, auszupacken. Sie erzählten von der Überfahrt, dem Unfall auf See. Sie erzählten davon, dass sie vor Abreise fünfzig Tausend Dinar an einen Mann überwiesen hätten, der ihnen offerierte, in Österreich für ein paar Monate illegal arbeiten zu können, ehe man sich, natürlich nur bei entsprechender Leistung, Hoffnungen auf ein Asylverfahren machen durfte. Und sie erzählten von dem Versteck, Roberto und der Sammelstelle. Alles in der Hoffnung, es würde ihnen dabei helfen, in Österreich bleiben zu können.

Kurz darauf wurde der Lieferwagen sichergestellt. Ein sechsköpfiges Aufgebot blieb zur weiteren Beobachtung des Geländes vor Ort. Etwa eine halbe Stunde vor Mitternacht hatte das Warten ein Ende. Durch ihre Nachtsichtgeräte erkannten sie die Zielpersonen, fünfzehn an der Zahl, wie sie nervös wurden, da sie nicht sofort das vorfanden, was sie vorzufinden erhofften. Der mutmaßliche Schlepper wirkte auf sie planlos, erst recht, als er den Wagen dann doch, allerdings verschlossen, entdeckte. Auch blieb den Polizisten die Unzufriedenheit der Gruppe nicht verborgen. Was sich vor ihren Augen abspielte, rechtfertigte einen sofortigen Einsatz. Man war sich seiner Sache sicher. Doch sobald sie sich zu erkennen gaben, begannen die einzelnen Silhouetten wider Erwarten sich eiligst in Bewegung zu setzen. Jede für sich suchte das Weite. Was anfangs noch eine Gruppe, zerstob in Richtung des nahe gelegenen Waldes, aus dem sich nach und nach die typischen Geräusche knackenden Geästs und aufgewühlten Laubs verliefen. Gerade so, als wäre ein Rudel aufgeschreckten Damwilds vor einem unvorsichtigen Jäger davongelaufen, standen die Polizisten jetzt da, die hilflos in den Himmel gefeuerte Salve nur der Fingerzeig ihrer ausgebooteten Autorität.

Das Überraschungsmoment einmal hinweg, drängte sich wieder die Unnachgiebigkeit der noch jungen Generation von Gesetzeshütern hervor. Dafür, die Felle einfach ins Trockene zu stellen, hatten sie zu lange observiert. Auch waren noch nicht sämtliche Laute verstummt, sprachen Terrain und Kondition für die Verfolger, sodass man sich entschloss, die noch frische Fährte aufzunehmen. Genau darauf hatte Roberto gehofft, dass es nicht eintreten würde. Jetzt war es an ihm, seinen Klienten einen allerletzten Dienst zu erweisen. Obendrein war er wütend, dass seit der Übernahme an der Grenze nichts mehr so richtig funktioniert hatte. Das machte es leichter, in die losstartende Meute hineinzugrätschen. Mit lautem Geschrei stieß er aus dem Hinterhalt den verdutzten Beamten in die Flanke. Fürwahr erstarb den jungen Polizisten beim Anblick des Wildgewordenen jegliches Blut in den Adern, so unerwartet kam für sie die Attacke eines noch vor Minuten hilflos erscheinenden Mannes.

Ungehindert rammte er sich hinein in den Pulk, pflügte durch Zweie einfach hindurch, stieß den Schützen der Warnschüsse gehörig in die Leiste, taumelte von diesem mit dem verbliebenen Schwung auf Nummer vier zu, auf dem er am Ende, da sie beide zusammen in Schräglage gerieten, zu liegen kam. In der Gegenbewegung zwängte sich dann für einen kurzen Moment das ganze Gewicht seines hünenhaften Laibes, an der Spitze des Ellenbogens gebündelt, durch einen vormals harten, von Rippen geschützten Brustkorb hindurch. Roberto konnte sich später noch gut erinnern, wie federweich er ihm vorgekommen war. Und wie er für einige Augenblicke sogar ernsthaft glaubte, die Sache wäre einfach durch ein paar Klopfer auf die staubige Hose erledigt. Nicht anders als zu Ende des Spiels, wie sie es früher in der Turnstunde des Öfteren erlaubt bekamen: die Fläche der Halle in drei Zonen unterteilt, um welche mit den bloßen Händen gerungen, Blessuren nicht scheuend, für den Verbleib »in seinem Territorium« gekämpft wurde. Statt des Abpfiffs durch den Lehrer schlugen dann nacheinander die geballten Fäuste von Nummer fünf und fechs in Robertos Gesicht ein. Auch davon gab es später eine lebhafte Erinnerung, nämlich die suchende Zunge in dem Gemisch aus Speichel und warmem Blut, dazwischen immer wieder den Schmelz loser Zähne ertastend.

Später, auf dem Revier, war er froh, dass nur Cjelko von der anschließenden Fahndung aufgegriffen wurde. Wenigstens das hatte geklappt. Für wie lange auch immer durften die Flüchtenden noch auf etwas hoffen. Worauf, das lag mehr denn je in den Sternen. Eine bessere Zukunft? Nicht lange und sie würden wie Cjelko und er Rede und Antwort stehen. Man würde sie verpfeifen, weil sie nicht mehr bereit wären, für einen Hungerlohn zu arbeiten. Gleichwohl befand er seine eigene Arbeit für getan. Eine gute Note für den Ungeschickten in seinem Bemühen, trotz des Handicaps, es den Besseren gleichzutun, während eine schlechte Note der Talentierte sich zuzieht, wenn er seine Gabe verschwendet, weil er schlampig trainiert, leichtsinnig spielt oder der knappe Vorsprung ihm des bloßen Gewinnens wegen genüge tut. Auch das eine der Weisheiten des mittlerweile verstorbenen Turnlehrers, an den er häufig denken musste. Roberto gab sich selber eine 2+. Den Umständen und zwei fehlenden Zähnen entsprechend, ging es ihm nicht schlecht, was von dem Polizisten, dessen Rippen er gebrochen hatte, zumindest bei dem Wenigen, was zu ihm durchdrang, nicht behauptet werden durfte. Es hieß, er sei für einige Tage sogar in einen künstlichen Tiefschlaf versetzt worden.

Das Urteil lautete dann auch auf fahrlässige Körperverletzung, nebst Menschenhandel und Schlepperei. Vier Jahre unbedingter Freiheitsentzug. Höchststrafe. Das Gericht sah keine Notwendigkeit, von den Forderungen des Staatsanwaltes abzusehen. Seit Längerem schon war die Schlepperbande, für die Roberto gearbeitet hatte, im Fokus von Ermittlungen gestanden. Hinzu kamen das Geständnis von Drazen und Aleksandar. Lediglich der Vorsatz der Körperverletzung wurde fallen gelassen, was dem Strafausmaß aber keine entscheidende Wendung mehr einbrachte. Der Angriff, so zwar aus dem Hinterhalt, jedoch bar jedweden als Waffe zu bezeichnenden Gegenstandes, diente – so die Begründung – nicht primär dazu, den Beamten eine Verletzung zuzufügen. In ihrer Darstellung eines Mannes, der sich in einer Ausnahmesituation nicht anders zu helfen wusste, als sich sechs bewaffneten Polizisten in die Beine zu werfen, beschrieb die Pflichtverteidigerin glaubwürdig den Hergang eines Unfalls, der eher noch das Leben des Angeklagten, denn des letztlich unter die Räder Gekommenen gefährdete. Mehr als das, bezog sich ihr Plädoyer aber auf die eigentlichen Drahtzieher, Robertos Auftraggeber respektive deren lange Arme, mit denen sie sich des Erfolges ihrer Geschäfte versicherten. Sei es da nicht einleuchtend, dass ihr Mandant, da alles verloren schien, im Moment des entschlossenen Nachsetzens der Polizisten vor Verzweiflung in die Luft ging?

Man stelle sich einmal vor, wie das wäre: vier Jahre hinter Gittern. Ab sofort. Was bedeutete das einem? Vier Jahre. Ist das lang? Wo standen wir vor vier Jahren, und wo stehen wir heute? Eine häufige Antwort wäre wohl: »Nicht viel woanders.« Oder: »Ein Wimpernschlag.« Oder: »Meine Güte, ist die Zeit schnell vergangen.« Oder: »Kaum zu glauben, dass das schon wieder so lange her ist.« Mag es auch einige wenige geben, bei denen sie »eine halbe Ewigkeit« hießen, weil sich währenddessen ihr ganzes Leben umkrempelte. Ausnahmen. Oder eben nicht, bekräftigen sie doch nur den (Zeit)Geist einer sich vollendet meinenden Epoche. Ihr ist es einerlei, für was man diese vier Jahre hält: ob einen Augenblick, ein ganzes Leben oder gar nur eine Olympiade. Unter der sie auszeichnenden Jurisdiktion des Funktionierens und Gelingens tagtäglicher Gewerke stirbt, was vormals Zeit, ganz einfach ab. Mit anderen Worten beraubt ein »Nicht-« oder »Nur-selten-Tun« (was richtig, was Sinn macht) uns dessen, was DAUERT (was Bestand hat).

Hatte Roberto erst einmal verdaut, was ihm Wochen vor dem Urteil ohnehin bedeutet wurde, schmeckte ihm das Kommende vertraut, so als wäre innerhalb nicht viel was anderes als außerhalb des Blocks. Ein Kerker hier wie dort. Ein Raum ohne Zeit, der erst dann sauer aufstößt, wenn man meint, ihn mit etwas von Dauer ausfüllen zu müssen. Im Gefängnis ein Buch von Rang zu schreiben, ist ein Ding der Unmöglichkeit, würde man dabei wohl in kürzester Zeit in den Wahnsinn getrieben. Es ist leicht anzunehmen, dass die Soll- und Habenvermerke einer sauberen Buchführung, dass Umfragen zur Erforschung der Märkte, ohne Zweifel ein anständiger Aktienhandel sich mitunter ausgezeichnet von einer Zelle aus verrichten ließen. Wie dem auch sei, ergriff Roberto die einzigartige Gelegenheit, nicht seinen Beruf, aber zumindest etwas aus vorhandenen Erfahrungen Schöpfendes im Freigang auszuüben. Robertos Gründlichkeit stilisierte diese ihm erlaubte Beschäftigung noch zu etwas Höherem, zu einer Arbeit in vollem Ernste. Dass er für seine dargebotenen Beratungsleistungen aber nur solche Fälle zugeschanzt bekam, die von Psychologen, Trainern, Ärzten, rechtschaffenen Leuten jedweden Metiers ausgelutscht liegen gelassen und somit aussichtslos waren, verdrängte er dank seiner unausstehlich positiven Temperiertheit gekonnt. Er begann sogar mit dem Gedanken zu spielen, ein Kompendium mit all seinen Fällen zu erstellen, es zu veröffentlichen, träumte davon, damit etwas zu erreichen, das alle Bemühungen und Entbehrungen in den Jahren vor der Haft ihm nicht haben einbringen wollen: nämlich Unabhängigkeit.

* * *

Vier Monate nachdem Roberto in seiner Zelle von unbekannten Tätern kaltblütig zusammengeschlagen wurde, sah es so aus, als müsste er bis zum Ende seines Lebens an den Folgen laborieren. Dass er nicht mehr richtig auf die Beine kam, war vor allem einem Stück frisch verpflanzter Haut seitlich des Oberschenkels geschuldet. Die Wunde wollte nicht aufhören zu bluten. Umso vorsichtiger ging er an den Krücken zu Werke, wodurch wiederum die genesenen Knochen, vom Acromion abwärts, sich nicht und nicht an die wenige Belastung seines abgemagerten Körpers gewöhnten.

Im Herbst dann die überraschende Wende! Die Heilung verlief immer noch schleppend und auch die Melancholie des Siechtums verschwand nicht einfach von einem Tag auf den anderen. Aber eine Besserung ließ sich nun immerhin einfangen, etwa nach einer Woche des redlichen Bemühens, an deren Ende er sich einigermaßen beglückt an die sieben Tage zuvor noch um einiges steifere Motorik zurückerinnern konnte. Schließlich wurde Roberto sogar in seine frühere Zelle verlegt, wo er mit leichten Tätigkeiten in der Gefängnisorganisation wieder Fuß fasste.

Dann kam der 24. September 1995. An diesem Tag schneite bei ihm ein lange nicht mehr gesehenes Gesicht herein.

»Hallo Roberto.«

»Bist du das Vuk?«

»Ich wollte sehen, wie es dir geht.«

»Es geht mir besser. Jetzt ist es wieder der Rücken, der mich nervt. Darf ich dir eine Tasse Tee anbieten?«

»Du bist älter geworden, Roberto.«

»Danke für das Kompliment. Und du? Was verschlägt dich hierher?«

»Ich weiß nicht, ob du es gehört hast.«

»Mit Sicherheit nicht, Vuk. Ein solches Hören ist mir fremd geworden. Erzähl es mir trotzdem.«

»Heute wurde Frieden geschlossen. In Dayton. Der Krieg ist zu Ende.«

»Der Krieg war noch zu gang?«

»Ja. Bis zuletzt. Beide Seiten wüteten nur noch planlos durch das Land. Aus den Städten wurden die Menschen wie aufgewirbelter Staub in die umliegenden Gebiete vertrieben. Erst die im Spätsommer eröffneten Luftschläge gegen die Zentralmacht brachten das Kräfteverhältnis ins Wanken. Die unter Druck Geratenen kämpften daraufhin umso erbitterter, mit der Gemeinheit eines in die Enge getriebenen Tieres. Das sinnlose Aufbäumen vernichtete schließlich jeglichen Glauben an eine Ankunft gleich welcher Ordnung …«

Roberto nutzte Vukomirs Zögern, ihm eine Tasse Tee zu reichen. Dieser fasste sogleich das papierne Endstück des Beutels, den er dann ein paar Mal aus dem siedend heißen Wasser herauszog, ehe er den Tee für ausreichend durchgezogen befand.

Vukomir klammerte sich an den kurzen Moment der Ablenkung, weil er sich noch keine endgültige Meinung zu den Ereignissen in seiner Heimat zurechtgelegt hatte. Zwar waren durch die Unterzeichnung des Abkommens keine offenen Feindseligkeiten mehr zu erwarten gewesen. Das, worum es in dem Konflikt aber eigentlich ging, blieb weiterhin fern einer Lösung: Wie schon so viele vor ihm, hinterließ auch dieser Friedensvertrag eine zutiefst entfremdete Entität.

»Ich habe mich gefragt, ob sich das Land nicht einen klaren Sieger verdient hätte. Jetzt, da sich die unversöhnlichen Interessen immer noch gegenüberstehen, darf es sich weder in die eine, noch in die andere Richtung bewegen. Es ist dazu verdammt, einfach dort stehen zu bleiben, wo es sich im Augenblick befindet, in der Unentschiedenheit. Es gibt kein Miteinander, aber auch kein offenes Gegeneinander. Es gibt kein Streben nach politischen Idealen; keine Seite würde es der anderen erlauben. Was wird das eigentlich für ein Staat sein, frage ich dich, Roberto?«

»Es wird ein Staat ohne Zukunft und, noch schlimmer, einer ohne Vergangenheit sein.«

»Ist es das, was man von ihm verlangt? Sich auf der Stelle seiner eigenen Geschichte zu entkleiden?«

»Das könnte der Fall sein. Aber oft dreht und wendet sich's gerade dann, wenn über allem diese auf ewig unveränderliche Logik hängt. Es kann gut sein, dass auch unsere alles durchdringende Norm einmal hinterfragt, dass sie von einer ungeheuerlichen Neuigkeit überwältigt werden wird. Egal wie, wir zwei werden darüber nichts Gescheites aussagen.«

»Mag sein. Jetzt aber ist es furchtbar gestellt. Ein Frieden, den niemand befürwortet, den aber alle über womöglich Jahrzehnte hinweg auf Druck einer historischen Notwendigkeit sich nicht getrauen anzufassen. Dieses neu entstandene Land liegt von nun an in Ketten. Ich verstehe nichts mehr von ihm. Es wurd' mir fremd und fremder. Doch mit dem herbeigebombten Vertrag ist es mir nun einerlei.«

»Vuk, ich kann eigentlich nicht glauben, dass du gekommen bist, nur um mir das zu sagen.«

»Nein, aber die Gedanken drängten sich mir auf, als ich dich sah.«

»Ich verstehe nicht.«

»Ich weiß, was dir widerfahren ist, nachdem wir uns trennten. Ich weiß auch, dass du unbeirrt weiter und weiter deinen Weg gegangen bist. Doch anstatt an ein Ende gelangtest du immer weiter davon weg. Weiter und weiter. Wenn ich mir dich und dein erlittenes Schicksal betrachte, dann meine ich darin die Zukunft meines Lande zu erkennen. Bosnien steht erst noch bevor, was du durchmachen musstest. Vielleicht träumen einige jetzt schon von einem goldenen Zeitalter, von einem reformierten, in der großen Völkergemeinschaft willkommen geheißenen Staat. Welch Illusion! Aber du, mein Freund, bist aus der Verblendung erwacht! Um ein Haar wäre es zu spät gewesen. Wir sind nicht die, die zu sein scheinen sie uns glauben machen – endlich ist auch dir das klar geworden! Darinnen fällt es nicht gleich jedem auf, aber rund um uns herum stehen dicke Mauern. Stunde um Stunde, Tag um Tag beschäftigen wir uns mit irgendwelchen Dingen. Sie fühlen sich bedeutsam an, solange man die Augen geschlossen hält. Dabei machen sie uns nur vergessen, dass wir uns keinen Schritt weit entfernen dürfen.« Beide schwiegen. »Wie lange hast du eigentlich noch, Roberto?«

»Ein Jahr und einhundertzweiundachtzig Tage.«

»Auf den Tag genau?«

»Ja. Es muss vor ein paar Monaten geschehen sein. Ich konnte noch immer nicht richtig laufen, und Doktor Falk überließ mich zusehends dem, wie es schien, Unentrinnbaren, an dessen Vermeidung durch ärztlichen Ratschlag er den Glauben verloren hatte. Von da an begannen sich die Tage mit etwas anzufüllen. Sie bekamen plötzlich ein Gewicht, von dem ich nach meiner Inhaftierung, selbst nach dem Überfall nichts vernommen hatte. Das, was mich in dieser Zeit bewog, war nichts dergleichen, verleidete mir im Gegenteil das Bleierne, das Widerspenstige, das Unbändige des immer noch weiter Werdens. Ich wusste lange Zeit nicht, woraus diese Schwere bestand. Schließlich meinte ich sie mir ja in der Arbeit, in der Fülle der Tätigkeiten zu besehen. Nein. Diese eine erfüllte mich wirklich!«

»Was war es?«

»Die Zeit! Sie war plötzlich da! Zuerst die Tage, dann der Morgen, der Abend …, bis sie mir von überall her entgegenflog. Es taktete und rauschte geradezu von allen Seiten. Ein Schuhwerk, das im Gehschritt schroff in den Beton der Gänge hineinklackerte. Gerede des einen Häftlings im Abtausch schweigender Anteilnahme des anderen; immerhin ein unregelmäßiges Wiederanheben nach ganzen Pausen. Ein von der Natur im Übrigen bevorzugter Rhythmus oder, wenn im Gleichmaß, dann fast immer in einem Höllentempo, wie das fast nicht auseinanderzuhaltende Stakkato eines Platzregens. Oder das für den neugierigen Betrachter niemals vorhersehbare Geblitze und Gedonnere, ja, wahrscheinlich doch des Allmächtigen, Allerhabenen. All diese Kleinigkeiten wurden mir wieder schwerwiegend genug, um sie nicht mehr aus den Augen zu verlieren. Auch der Kalender ist mir wieder ein vertrauter Begleiter. Aber ich zähle die Tage nicht, und ich vergewissere mich auch nicht eines Zeitmaßes. Mir gefallen die Stellungen der Zeiger einer Uhr. Jeder von ihnen gebildete Winkel lässt mich anders in den Tag hineinfühlen. Es sind dann Bilder einer Tageszeit, die sie mir vorstellen. Ist es nicht merkwürdig? Da wird mir das Ziel, auf das ich wie besessen hinarbeitete, gleichgültig, und im selben Moment merke ich mir die Tage bis zu meiner Entlassung wie im Schlaf.«

»Mein Gott, Roberto! Wie hast du dich verändert.«

»Nicht erst jetzt, mein ganzes Leben lang war ich hinter Gittern …« Ich hatte solche Angst, Vuk. Als ich in meinem getrockneten Blut lag, und Arme, Beine, einfach alles war von mir abgerückt. Aber weißt du, Vuk, kannst du es glauben? Nicht einmal dann begriff ich, was los war!«

Eine Träne lief ihm jetzt über die Wange. Vukomir aber lächelte zum ersten Mal. Er wusste, dass Roberto am sicheren Ufer weilte. Der Weg dorthin war lang und unwegsam gewesen. Und er blieb es wohl noch eine ganze Weile. Aber lag darin, so dachte der bosnische Serbe insgeheim, nicht auch ein kleiner Funken Hoffnung für sein darniederliegendes Heimatland?

3

Vukomirs Asylverfahren endete am 27. August 1996, das war so etwa ein halbes Jahr vor Robertos Entlassung. Es sprach einiges dafür, dass das gänzliche Fehlen zum Nachzug berechtigter Verwandtschaft (Geschwistern war dies nicht ohne Weiteres möglich) die Behörden ein Auge zudrücken ließ. Außerdem sprach er fließend Deutsch, war auch sonst gut gebildet und immer noch in einem leistungsfähigen Alter. Doch so froh er über den positiven Bescheid auch war, weckte er zunächst nur das Verlangen, abermals dorthin zurückzukehren, von wo er sich vor anderthalb Jahren losgesagt hatte. Erst die amtlich besiegelte Scheidung ließ ihm seine alte Heimat wieder als ernsthafte Möglichkeit infrage kommen. Würde er irgendwann wieder Fuß fassen können? Um das herauszufinden, musste er seiner Herkunft eine letzte Chance geben. Musste er es frei, ohne den Druck der zu ebnenden Grundlagen eines hinkünftig geregelten Lebens, einfach darauf ankommen lassen.

Nataša war wohlauf, wenngleich verändert in ihrem Wesen. Vukomir hatte noch ihren Wagemut in Erinnerung, die roten Strümpfe, über die sich zur Hälfte gerne ein geblümtes Plisseeröcklein warf. Ihr Lächeln machte sie, anders als jenes von übertriebener Belustigung verunstalteten Gesichtern, noch schöner, als es ohnehin war. Nur leicht näherten sich die Mundwinkel ihren kleinen, stets voll von silbernen Blümchen bestickten Ohren; das Rund der Augen wich dann einem nur zart angedeuteten Oval, wo sie andere noch weiter, zu richtigen Höhlen, aufrissen; ihrem Antlitz sodann ein dem Menschlichen fernstehender Irrsinn innewohnend, in den sich die Loskalauernden dann hinein verloren. Nataša hingegen machte, wenn sie lachte, den Eindruck vollkommenster Zufriedenheit. Und sie war es tatsächlich gewesen, zufrieden! Alles hatte sie in ihrem Leben so getroffen, wie es einmal ihren Vorstellungen entsprochen hatte, wiewohl anderes schwerlich vorstellbar war, hätte sie sich doch auch in jedem anderen Leben genauso angekommen gefühlt, weil sie es mit sich im Einklang gefunden hätte, ob sie nun Gärtnerin, Köchin, Künstlerin oder Dozentin an der Hochschule, dies für das zu tauschen, gehabt hätte.

Als Vuk des Herbstes in ihrer beider Haus in Mostar ankam, war nicht mehr viel übrig von dieser hinreißenden Erbaulichkeit – mit geliehenem Auto versteht sich, denn Busse und Züge, wie natürlich jegliches zu Wasser fahrende Gefährt konnten ihm für alle Zeit gestohlen bleiben. Das Haus war bis auf einige wenige Einschläge von kleinem bis mittlerem Durchmesser in der Fassade weniger schwer in Mitleidenschaft gezogen worden als viele andere Gebäude in der Stadt. Trotzdem hatten die Ereignisse in Mostar einiges in Nataša durcheinander gebracht. Natürlich war er froh, sie unversehrt anzutreffen. Aber auf einen Bericht, wie Vuk ihn sich erhoffte, wartete er vergebens. Jeden Abend nahm er von neuem Anlauf, lenkte das Gespräch vorsichtig in die eine Richtung. Doch zog sie sich immer dann zurück, wenn sie den Schwenk bemerkte. Ins Bett, später in die Küche, sodann blieb sie auch hocken, äußerte jedoch offen den Wunsch, in Gottes Namen sie damit nicht länger zu belästigen.

Irgendwann hörte Vukomir auf, in sie zu dringen. Er begnügte sich damit, in ihrem Gesicht zu lesen, vermisste dann aber ein jedes Mal ihr legendäres Lächeln, das sich nicht mehr zu paaren gedachte mit der einstigen Zuversicht. Nur deshalb konnte er so lange nicht davon ablassen, sie zu verletzen, weil er sich die Unbeschwertheit des jungen Mädchens herbeisehnte, die er bis zuletzt gekannt hatte. Doch das Lächeln, es kam nicht wieder. Meist kehrte sie erst spät abends von der Arbeit nach Hause. Dann sprachen sie über Belangloses, aber klemmte sich bei Weitem öfter das Ticken der Uhren zwischen die stumm dasitzenden Geschwister. Vukomir fixierte dann wieder ihr Gesicht, die kleinen Grübchen und Schatten im flackernden Licht der Kerzen, vor allem ihre Augen, immer wieder die Augen, aus denen er nur zu gerne die dort eingefangene

Schwermut entschwinden sehen wollte. Seine Schwester hingegen schien in der Gestalt einer wie eh in Decken eingehüllten Sphinx noch lange an der Freudlosigkeit festhalten zu wollen.

Was er aus erster Hand über die Auseinandersetzungen in und um Mostar in Erfahrung bringen konnte, hörte er also auf der Straße oder in den wenigen geöffneten Geschäften der schwer in Mitleidenschaft gezogenen Stadt, wo sich im hauptsächlich von Kroaten besetzten Westteil und den bosnischen Muslimen im Osten nur noch ein kleiner Rest der serbischen Volksgemeinschaft aufhielt. Die Brücken waren gerade hier in Mostar nicht nur im Spiel der Worte eingerissen worden. Das alte Wahrzeichen, ein Relikt osmanischer Herrschaft, lag in Stücke gerissen der friedlich gen Adria fließenden Neretva zu Bette. Über ihr klaffte nun das neue Sinnbild der ehemaligen Brückenstadt. Es versetzte die Ortsteile buchstäblich an die gegenüberliegenden Seiten der Schlucht. Hier wie dort nur ein verbliebener Stummel der Stari Most und dazwischen der unüberwindlich scheinende, luftleere Raum, durch den sich mittlerweile ein wie aus wildesten Abenteuerphantasien erdachtes Drahtseilgestell spannte.

Die Wunden des Krieges verwiesen hier noch nicht einmal auf den eigentlichen Konflikt. Noch ältere Feindschaft trat hier zutage – gegen eine Religion, nicht eine Ethnie -, welche die osmanische Blüte des vorigen Jahrhunderts überdauert hatte. Bosnische Muslime, gestern noch an der Seite der West-Mostar-Fraktion kämpfend, mussten ihrerseits, noch in der Fluchtbewegung der Bekämpften ihnen folgend, in den Osten abrücken. Dieser sich gewissermaßen verselbstständigende »Krieg im Krieg«, der Mostar erschütterte, fand tatsächlich ohne Beteiligung der Zentralmacht statt. Deren Truppen wie auch die serbische Zivilbevölkerung hatten die Stadt beinahe in ihrer Gesamtheit verlassen, wie es auch nach dem Krieg nicht mehr recht in den Ort und in die Zeit passte, in die alten Behausungen zurückzukehren.

Am Tag vor seiner Abreise versuchte Vukomir Nataša doch noch des Vorschlages einer gemeinsamen Zukunft in Österreich oder anderswo in Europa zu erwärmen, hoffte, dass sie seiner zumindest des Nachdenkens für lohnend befinden würde. Sie lehnte ab. Schließlich war es Nataša Dank Wiederaufnahme ihrer Lehrtätigkeit an der Universität gelungen, Abstand zu nehmen von der sinnlosen Zerrüttung einer Gemeinde, die im untergegangenen Jugoslawien von dem Ineinandergreifen der Völker und Glaubensrichtungen immer noch profitiert hatte. Für Vukomir war andererseits auch nach zwei Wochen des Aufenthalts nicht ein Körnchen der Versöhnung, noch des Zweifels einer damals vielleicht übereilt getroffenen Entscheidung gegen die Seinen gesäht. Er fühlte sich einsamer und verlorener denn je. Auf der Suche nach Freunden wurde er weder fündig, noch gab es verlässliche Anhaltspunkte über ihren Verbleib, ob in Nachbarsdörfern der Republica Srbska im noch existenten Bundesgebiet oder wie er in der EU, wie sich die zusammengeschlossenen europäischen Staaten neuerdings nannten. Der Kataster nur noch eine Auflistung teils verlassener, teils vom Gegner in Besitz genommener Liegenschaften. Sogar dass einige nicht mehr unter den Lebenden weilten, schien möglich.

Am Schlimmsten dünkte Vukomir jedoch das hartnäckige Schweigen seiner Schwester. Würde er bleiben, seiner Fantasie entkämen alsbald die abnormsten Vorstellungen darüber, welche Gräueltaten ihr der Krieg angetan haben musste. Aber auch so ließ es ihm keine Ruhe, bedrückte ihn der unüberwindliche Spalt, der sich zwischen ihnen aufgetan hatte. Woher er kam? Die bei Hochzeiten niemals fehlende Ermahnung, in der es heißt »… in guten, wie in schlechten Zeiten«, hierher passte sie, furchtlos, wie Nataša auch die hässlichsten Blüten ihres Landes hat wachsen sehen. Seither schlugen frische Wurzeln durch den vom Leid der Bevölkerung getränkten Boden – auch die ihren. Und genau darum musste Vukomir jetzt fort. Er war kein Teil mehr dieser ihn befremdlich erscheinenden Gemeinschaft. Was er zurückließ, lag unwiederbringlich unter den Ruinen Mostars begraben. Die Saat von Verzweiflung und Hoffnung darüber, das Werk von anderen, nicht das seine.

»Ich glaube, es ist besser, dass ich nichts davon weiß, meine liebe Nataša«, ließ er sie am Vorabend seines Aufbruchs wissen. »Du wirst mir fehlen.«

»Wohin geht die Reise?«

Vukomir lächelte. »Über Täler und Höhen. Durch Dornen und Steine, über Gräber und Zäune, durch Flammen und Seen wandl' ich, schlüpf ich überall, schneller als des Mondes Ball.«

»Der Sommernachtstraum!«

Und tatsächlich meinte er für den Bruchteil einer Sekunde den Schimmer ihres so liebenswürdigen Lächelns zu erkennen.

»Und du, Puck?«

»Schreib mir, kleiner Geist.«

* * *

Zurück in Österreich bedurfte Vukomir zunächst einer festen Anstellung. Verglichen mit der ihm zugetragenen Schwarzarbeit in den ersten Monaten seines Aufenthalts, erwies sich die legale Beschaffung von Arbeit als ein wahres Kunststück. Das Gerangel um die wenigen verfügbaren Stellen war groß, das stundenlange Warten auf den Holzsesseln der Arbeitsämter eine harte Geduldsprobe. Zwar konnte Vukomir, genau wie seine Schwester, ein abgeschlossenes Studium vorweisen. Er hatte es indes aber vorgezogen, anstatt einer Karriere in der Abteilung für innere Medizin, weit entfernt von seiner eigentlichen Profession, von einem Gelegenheitsjob zum nächsten zu tingeln. Nichts war gegen das kleine Krankenhaus in Mostar einzuwenden. Ein jeder dort bescheinigte ihm obendrein ein »Händchen«, und, was vielleicht noch wichtiger erschien, einen »Draht«, der aus seiner Sicht nur einem aufrichtigen Hören entsprach, auf das die Patienten ansprachen. Wäre nicht der Krieg dazwischengekommen, er hätte in Anbetracht seines guten Rufes wohl eine Praxis eröffnet.

Trotz alledem bekannte er sich nie richtig zur Medizin als des ihm von Gott gegebenen Metiers, wie er mit Sicherheit keinen anderen denkbaren Beruf als solches etikettierte, würde man ihn danach fragen. Über allem schwelte bei ihm ein drängenderes Bedürfnis zum Einsatz gleich welcher Fähigkeit, befruchtete sie nur im Mindesten eine Gruppe von Menschen, besser ein ganzes Kollektiv. Ja, es mag sonderbar klingen, dieses (eben dieses!) nicht auch der aus ältestem der Eide hervortretenden Verpflichtung zuzuschreiben: nicht anders als zum Nutze des einen jetzt hier aufgeschlagenen Kranken zu handeln! Aber es stimmte. Was ihm daran missfiel, war die Zahl EINS. Was er anstellte, half dem EINEN. Zu wenig, in seinen Augen. Nur wenn er etwa des Herbstes einer satten Pflaumenernte zur Hand ging, mithalf, sie botticheweise an die zentrale Sammelstelle zu karren, dann brachte diese Arbeit seine Vorstellung von Nützlichkeit auf den Punkt: Einsatz, noch dazu von Kraft, Erzeugung von Gütern, per Hand, Glied einer Kette unentbehrlicher Glieder. Trotz oder gerade wegen seines Intellekts war er sich nie zu schade gewesen, von der Arbeit schmutzbeladen nach Hause zu kommen. Oder sie war dann eben keine ordentliche, so er sie nicht anders sauber als am Morgen beendete.

In der sozialistischen Volksrepublik gehörten solche Ansichten in manchen Kreisen durchaus zum guten Ton. War es recht gemacht, wie bei der Ernte, standen die Arbeiter nicht unter dem Joch übertriebener Härte, erfüllten sie nicht nur den einen aus einer Arbeit herausgelösten Handgriff tausendfach, nur weil der sie in x-facher Geschwindigkeit erledigende Automat nicht leistbar war – dann war man nicht mehr nur ein Rädchen, sondern spürte tatsächlich etwas von der viel beschworenen Solidarität, wie sie sich in windenden und kräuselnden Ketten durch eine ganze Gesellschaft hindurch auslängt. Was für alle das Beste! Dieser Leitsatz half ihm und seinen Leidensgenossen auch bei der Flucht nach Österreich nicht nur einmal aus der Patsche. Aber auch wenn er so mancherorts in so mancher Klemme als derjenige Träger des Wortes auserkoren; für Vukomir war es stets eine vorübergehende Rolle, die er auszufüllen und am Ende genauso gerne wieder abzutreten hatte. Eher ein leises Beratschlagen »Primus inter Pares« zum Wohle aller, ein sanftes Hinüberführen, denn Auctoritas im ernstlichen Sinne. Es ging nicht an, dass nur eine Person das Sagen hatte. Indem sie sich dem fügte, was ausgegeben, betraute die Gruppe keinen anderen als Vukomir zum Sprachrohr des einen kollektiven Willens. Worauf hier aber eigentlich hinausgewollt: Egal wo und was er arbeitete, nach kurzer Zeit sollte er sich in der ungeliebten Rolle einer Anlaufstelle oder eines Führers wiederfinden. Sie haftete an ihm wie das Pech einer nach frischem Harz duftenden Föhre. Bei ihm hatte man stets ein gutes Gefühl, dass er das auch meinte, was er sagte. Hinter seinen Worten steckte kein Motiv, wenn er mit jemandem sprach. Es war nicht möglich, ihm das Vertrauen auszusprechen, weil es, mit dem Kreuzchen oder wie immer man es täte verdorben, die Selbstverständigkeit von der plötzlichen Gewährnis derselben eingebüßt hätte.

Bevor aber noch einer sage, man triebe es hier gar zu bunt mit den Ausführungen über ein menschliches Wesen, also zurück zu dem, was Vukomir, vielleicht ohne sein Wissen und ohne sein Zutun, dazu verleitete, so zu sein, wie es der Vortrag unterstellte. Und man wird erstaunt sein zu hören, nicht das Naheliegende sei der Auslöser für sein Handeln. Eine besondere Ausprägung der Toleranz, Gerechtigkeit und noch anderer, die sogenannten europäischen Werte prägenden Tugenden. Seine Umgangsformen ließen sich viel eher aus so veralteten wie Tapferkeit oder Mut erschließen. Und grübe man noch ein Geschoß weit tiefer hinunter, gelangte man zu der gar kitschigen DNA seines Charakters. Er, Vukomir, war, um es kurz zu sagen, stark! Und das meinte durchaus nicht allein den ihn ohne Zweifel auszeichnenden Willen. Wenn er beispielsweise einen Teenager dabei beobachtete, wie er auch beim zwanzigsten Male sein altersschwaches Moped nicht zum Anspringen brachte, da kam er herbeigeeilt, nur ein gezielter Tritt und, wie sollte es anders sein, die Vespa knatterte munter drauflos. Oder er, der auf dem Mäuerchen eines Hofes, für den er einmal gearbeitet hatte, bis ins letzte Aufbäumen des Tages hinein, bevor er sich rötete, wie anders an den Zähnen der früh am Morgen am Holze ihren Dienst versehenden Säge feilte und feilte. Oder in noch einem anderen Bild, er, der einzige verschont Gebliebene bei der Honigernte. Seine Stärke erklärte sich aus einem Mitschwingen mit den Dingen. Mit welcher Treffsicherheit er einen Regen für den Abend anzukündigen wusste, verdankte er mitnichten einer empfindlichen Sensorik. So wie in seinen Händen eine Maschine oder ein Werkzeug einen ganz anderen Zug entwickelte, lag es gewiss nicht am harten Einsatz, denn an der Fühlung dessen, was nötig, und wäre es nicht mehr als ein gerade so Weiterlaufenlassen der Dinge. Was immer er auch anlangte, wo er auch hinschlug, er erzielte eine solch beeindruckende Wirkung, dass sie ihn dann jedes Mal für vermeintlich Besseres, als der so gerne verrichteten, einfachen Tätigkeiten, anempfahl.

Eine dieser Geschichten ereignete sich im Februar 1997, ungefähr einen Monat vor Robertos Entlassung. Er wusste nicht, wem er es zu verdanken hatte. Jedenfalls meldete sich bei Vukomir eine Frau, die sich mit ihm über seine Flucht nach Österreich unterhalten wollte. Die Journalistin einer Wochenzeitschrift war über einige Details erstaunlich gut unterrichtet gewesen. Nicht viele seiner Bekannten kamen deshalb als Anstifter in Frage, wie auch die Journalistin eisern die Identität ihrer Quelle zu schützen wusste. Anfangs hielt er die Idee für Schwachsinn, und auch später, als er schon zugesagt hatte, rieb der Kolben mehr, als dass er leichtgängig anhob. Nur ein Grund half ihm über seine Bedenken hinweg. Ein kleines Mahnmal für die Verunglückten, so dachte er, sollte es werden. Aber es blieb auch dann noch ein holpriges Unterfangen, denn die Öffentlichkeit war, wie erwähnt, seine Flughöhe nicht.

Bis der Artikel fertig gedruckt, verging ein gutes Monat. Zweimal trafen sich er und die Journalistin zum Gespräch. Ein drittes, bereits vereinbartes Interview, sagte er kurzfristig ab, wofür ihm von der Redaktion nur wenig Verständnis entgegengebracht wurde. Das Material langte aber auch so für die Story, wie sich die Dame ausdrückte. (Der Name der überaus attraktiven jungen Frau erwies sich als nicht erinnerlich. Dafür begeisterten ihn ihre reinen Hände mit den nur dezenten, aber unumstößlich einer weiblichen Partie angehörenden Fettpölsterchen an den Fingergliedern, an den Spitzen jeweils das Rund äußerst gepflegter Nägel. Das Einzige, was ihm beim Lesen seiner Geschichte dann in den Sinn kam, war dieses durch nichts von seiner naturbelassenen Schönheit abgelenkte, glatte Händchen, wie es, auf den Notizblättern behände zirkulierend, einen Strich nach dem anderen formte. In der Folge meldeten sich bei Vukomir jede Menge Leute, weil sie ja keine Ahnung hatten. Oder sie wunderten sich darüber, dass einer wie er doch Serbe und nicht Kroate sei (von der bosnischen Volksgruppe hierzulande sowieso keine Rede). Und als er sich's versah, befand er sich also schon wieder fest im Mittelpunkt des Geschehens. Erst nach Abklingen des Rummels erhielt er die Besuche, Anrufe oder Briefe von Personen, die, bar jedweden politischen, moralischen oder sonst wie fragwürdigen Kalküls, mit nachweislichem Interesse an seiner Geschichte aufwarteten, bis ihn sodann die immer wieder in eine Mitte drängenden Kräfte in der Ruhe ließen.

Mag einer sagen, es lese sich, wie der Feder eines Romanschreibers entflossen, so entsprach es doch der Wahrheit, dass ausgerechnet der mit einiger Verspätung ihn gänzlich unerwartet erreichende, letzte Brief, ihm das so ungeliebte Einverständnis in die Offenlegung seiner Erlebnisse wiederum versüßte. Der Absender des Briefes stand in ziemlich unleserlichen Lettern auf der geklebten Verschlusslasche des Kuverts. Doch konnte Vukomir den Namen der Stadt, in der er aufgegeben wurde, entziffern: Perugia. Zu Italien fiel ihm ein, dass es gemessen an der seinerzeitigen Fluchtroute zwischen seiner alten und neuen Heimat lag, aus Rom, Venedig, zwei Inseln und der Mafia bestand. Er hatte sogar von einer aufmüpfigen ethnischen Minderheit im Norden des Landes gehört. Eine Region mit dem Namen Umbrien war ihm jedoch nicht geläufig. Außerdem kannte er nichts und niemanden dort.

Vukomir öffnete den Umschlag. Ein erster flüchtiger Blick auf das Geschriebene und er freute sich. Die Anrede wie auch der Rest des Briefes war in serbischer Sprache verfasst. Und auch wenn er damit nicht weniger als ein wahr gewordenes Märchen anerkannte, war sich Vukomir, noch bevor er weiterlas, sicher, dass nur der spurlos verschwundene Lazar es gewesen sein konnte, der mit dem Brief bezeugte, lebendiger denn je auf Erden zu weilen. Im kühnsten Traum nicht hätte Vukomir es für möglich gehalten, von diesem Lazar irgendwann noch ein echtes Lebenszeichen zu erhalten.

Auch für ihn war also die Zeit nicht stillgestanden, nachdem er in dem kleinen italienischen Dorf nahe der Küstengewässer zum denkbar ungünstigsten Moment die Gruppe verlassen und die Weiterfahrt nach dem Norden dadurch verpasst hatte. In den ersten Zeilen beschrieb er den Augenblick, als er niemanden mehr vorfand. Wie er den gesamten Strauß an Emotionen, den ein Mensch auszuformen vermag, binnen Minuten durchlebte: Erstaunen, nicht Wahr-haben-wollen, Verzweiflung, Angst, Zorn, mit allen zusammen sprang er durch die Gegend, ehe er sich in ein Feld hockte und weinte. Doch würde er ihm gern bei einem Wiedersehen die ganze Geschichte erzählen, wie es ihm ergangen und wie er schließlich in Perugia gelandet war. Vukomirs kannte er ja aus den Medien, und das war auch der Grund, dass er ihn ausfindig machen konnte. Die Leute des Corriere erklärten ihm, die Serie mit dem Titel »All' inizio si trova la morte« von einer deutschsprachigen Schwester gekauft und in Übersetzung gebracht zu haben. Nachdem er glaubwürdig darlegen konnte, er wäre niemand Geringerer als jener darin vorkommende Mann, der den »Bus« nach Österreich verpasst hatte, bekam er meine Adresse durchgegeben.

Am Ende des Briefes erneuerte Lazar dann den Wunsch, sie beide wollten einander in naher Zukunft, vielleicht auf halber

Strecke, das Erlebte noch einmal zusammensetzen, um es damit gleichsam endgültig ruhen lassen. Auch Vukomir war von der Idee hellauf begeistert. Lazars Verschwinden war, wie auch das Unglück auf dem Boot, auf vergleichbare Weise tragisch. Beide Male passierten unvorhersehbare Dinge innerhalb weniger Minuten. Beide Male blieb das Schicksal der Verunglückten Privileg seiner Einbildungskraft, sodass der quicklebendige Lazar Vukomir fast das Gefühl einflößte, einem Todgeglaubten wäre von Gottes Gnade erneut Lebendigkeit eingehaucht worden.

Weitere Briefe folgten, ausgesandt nord- wie südwärts des Brenners. Nur das nötige Handeln wollte sich nicht einstellen. Es hatte den Anschein, dass das Maß, Heil im Fortgang von zu Hause erlangen zu wollen, in den entscheidenden Wochen ihres Daseins durch einen Akt energischster und bedingungslosester Bewegung auf ein Ziel hin komplett verausgabt worden war. Dafür ließen sie regelmäßig Post die Wegstrecke zurücklegen. Weder Vukomir noch Lazar drängten aber fortan auf ein Wiedersehen.

Es war dies die Geschichte, die Vukomir Roberto bei seinem zweiten Besuch nach seiner Genesung eröffnete. Roberto kannte die Episode von Lazars Abgängigkeit aus früheren Schilderungen. Damals störte ihn die Tatsache, seinen Verbleib im Dunkeln zu wissen. Er vertrat die Ansicht, man müsse es sich zum Ziele setzen, Lazar zu finden, während es zu wissen oder nicht für Vukomir auf eine ganz andere Art bedeutsam war. Dass Lazar verschwand wie etwas, dessen Aufenthaltsort – weil unbemerkt der Tasche entglitten – unmöglich vor Augen zu führen wäre, beruhigte ihn. Denn weil doch alles Mögliche mit ihm geschehen sein konnte, kein Indiz in die eine wie andere Richtung wies, blieb doch am Ende jede Möglichkeit genauso wahrscheinlich wie unwahrscheinlich, das Schreckensszenario alles wie nichts und für Vukomir die totale Unwissenheit ein Talisman sondergleichen, für dessen Schutzkraft er und Roberto nunmehr die ultimative Kostprobe erhielten.

Das andere große Thema seines Besuches betraf natürlich die anstehende Entlassung Robertos. Er hatte es nun schwarz auf weiß: in dreißig Tagen war Schluss. »Er solle sich tunlichst einstellen auf die Zeit danach«, hieß es. Anders als man vielleicht denken mag, löst die Wiedererlangung von Freiheit bei vielen Häftlinge keine Euphorie aus. Vielmehr empfinden sie sie als ein Übermaß an Verantwortung nach Jahren der Zurechtweisung. Erst die Wiedereingliederung in die Gesellschaft, in den Arbeitsprozess, ein geregelter Tagesablauf und so weiter schafft Sicherheit in dem Ausmaß, wie dadurch Freiheit nach und nach wieder entzogen wird. Auch in der Broschüre der Anstalt stand geschrieben, dass ein beträchtlicher Anteil der Haftentlassenen es nicht schaffe würde, in ein bürgerliches Leben zurückzufinden; am erträglichsten noch die Aushilfsjobs, Arbeits- und Sozialämter im Vergleich zu den einschlägigen Milieus, Ausnüchterungszellen und der Gosse.

»Weißt du schon, was du anfangen wirst?«

»Ich mache mir darüber noch keine Gedanken.«

»Du weißt ja, wo du mich findest.«

Roberto nickte. »Aber bitte tu mir einen Gefallen: Sei nicht hier, wenn ich rauskomme. Es wäre mir nicht recht.«

Vukomir fragte nicht nach den Gründen. Er gab ihm lediglich sein Wort. Sie vereinbarten, nicht eher voneinander zu hören, bis dass einer von beiden rückfällig würde. Was sie damit meinten, folgte nicht der verklausulierten Empfehlung des Informationsblatts. Die Beiläufigkeit des Versprechens, weder durch Handschlag oder sonst welchen Berührungen verbürgt, ließ tatsächlich die Größe des Unterfangens erahnen, vor dem sie sich instinktiv wegduckten. Würden sie Erfolg haben; Vukomir mehr als Roberto begriff, was es für sie beide am Ende bedeutete.

Robertos Freilassung

Punkt 11 Uhr Ortszeit war Roberto ein freier Mann. Es war ein verregneter Tag im März des Jahres 1997, etwas zu warm für die Jahreszeit. Am Himmel rieb sich tief hängendes Gewölk aneinander, derweil der Verkehr auf der Erde dünn und gemächlich voranschritt. Ich entsinne mich nicht, dachte er, wann es mir zuletzt auf den Kopf geregnet hat. Das Gestöber, durch das er sich langsam hindurchbewegte, von der Art des Niederschlages einmal abgesehen, gehörte immer noch zu den Darstellern des Winters. Denn um sich vielleicht wie ein Kind an einer Entdeckung zu erfreuen, sich erhobenen Hauptes vielleicht den Gefängnisduft herunterwaschen zu lassen, dafür piesackten ihn die im Sturzflug feiner und feiner sich schärfenden Kristalle um einen Tick zu genüsslich. Der kalte Wind und die Nässe stiegen ihm dann auch schnell durch die vernarbten Stellen und natürlich in das Rückgrat hinein. Soviel Bewegung war selten in den letzten Monaten, was ihm zwar keine direkte Rüge, wohl aber Doktor Falks zu Schauermärchen aufgeblähte Prognosen über die Krümmung seines Buckels einbrachte. Müde war er geworden, seinem Körper das zu geben, auf das er als Mittvierziger immer noch ein Anrecht besaß. Lieber war Roberto allem ausgewichen, was wehtat, als im Hof eine Runde zu viel zu drehen. Was für ein Sauwetter, dachte er weiter, riss sich aber zusammen; entfernte sich etwas geknickt, doch wacker von dem Ort, der anfangs, Gefängnis hin oder her, seinen vorübergehenden Lebensmittelpunkt bildete, zum Ende hin aber mehr und mehr zu dem wurde, was ja ganz eigentlich zutraf.

Zufriedener als mit dem Wetter, nahm Roberto Notiz davon, dass Vukomir sich an die Abmachung gehalten und ihn nicht in Empfang genommen hatte. Warum ihm das so wichtig war? Ihre Freundschaft hatte sich nach Robertos Schwierigkeiten wieder eingefunden. Das ja! Aber würde sie ihn für alle Zeiten an diese eine Nacht und das ihr Folgende erinnern. An den lächerlichen Streit, das Manuskript, von dem er schon gar nicht mehr wusste, ob er es wirklich in Brand gesteckt hat. An Boris. Überhaupt an die Jahre der Gefangenschaft. Andererseits war es allein Vukomir, an den er sich ungefragt wenden konnte, wenn es ihm schlecht ergehen sollte. Aber weswegen sollte es ihm schlecht ergehen? Er zählte sich nicht zu denjenigen, die Gefahr liefen, in ein Loch zu fallen, nur weil sie mit nichts dastanden. Ein Wiederbeginnen mit etwas, das man vorher nicht kannte, war notwendig, ja! Aber zugleich war es die Voraussetzung für ein neuerliches Anstarten frei von jeglichen Bestimmungen! Zumindest so frei, wie man es kaum je oder mehr für möglich hielte. Nochmal von vorne beginnen. Zeiger zurückgedreht auf Stunde null. Jungfräulich in den zweiten Lebensabschnitt starten. Nicht viele durften das von sich behaupten. In so einem Land wie Österreich eine Handvoll vielleicht. Aber Moment! Nein, so einfach ist es wahrlich nicht! Denn wer möchte es sich vorstellen, geschweige denn aushalten, das berühmte »Erste Mal« nicht hinter, sondern ein zweites Mal vor sich zu wissen? Zu spüren, wie es ist, einem Gemisch aus beidem, Angst und überschäumender Freude, gegenüberzustehen? Und wer wollte dann noch behaupten, er hätte bei seiner ersten großen Liebe, bebend, zugedröhnt mit allerlei Stoffen, gefangen in purer Leidenschaft, er hätte also bei klarem Verstande gehandelt! Gar frei!? Schon in dem winzigen Moment, da sich Roberto über die Schwelle des Tores ins Freie begab, stürzten sich jaulende Wölfe auf das zittrige Kleine. Arbeitslos, obdachlos, invalide, noch nicht einmal ein kleiner Schirm gegen die kalte Nässe. Bald schon würde er sein Bares für ein Stück Schokoladenkuchen verschleudert haben – zur Feier des Tages! Und was bliebe dann noch übrig, von der …

All dieses gehört wohlgemerkt zu den Gedankenspielen des Erzählers und betraf Roberto in keinster Weise. Freilich wandelte auch er, wie jeder Neuling, bloßfüßig über das frisch aufschießende Feld. Doch störten ihn die Stoppeln, wenn überhaupt, so nur beiläufig, riefen sie bei ihm stattdessen etwas anderes, eine kaum je aufzubietende Gedankenlosigkeit hervor. Nur so erklärte sich zum Beispiel das völlig nutzlose Getrotz gegen den an Kraft noch zulegenden Vorfrühlingsschauer. Und sie erklärte Robertos ungewöhnliche Forderung, allein, ohne die Unterstützung seines Freundes sich ein neues Leben gewinnen zu wollen. Sie passte sogar zum langsam zu Ende gehenden österlichen Fasten. Eher, als dass sie ihre enge Verbundenheit füreinander abnutzten, würde die Einsamkeit sie immer fester aneinander schweißen. Davon konnte er sich in der Sekunde überzeugen. Denn mit einiger Sicherheit stand Vukomir nicht weit in einem der Imbissläden oder im Häferl, wo er ihm zu Ehren einen ordentlichen Schluck Šljivovica wegkippte. Sodass Roberto fast den Eindruck gewann, dass er auch so auf Schritt und Tritt von ihm begleitet wurde. Schließlich ließ der Regen nach und verstummte, noch bevor er Roberto in einen Unterstand nötigen hätte können, vollends.

Robertos erste Tage in Freiheit standen ganz im Zeichen eines weiteren, damit zusammenhängenden Mysteriums. Schon am Morgen vor der Entlassung, im Gerenne von Amtszimmer zu Amtszimmer, war er sanft, aber zügig hineingeschlittert. Münder öffneten und schlossen sich nicht mehr in gewohnter Gangart, wie auch die herausfallenden Laute eine Distanz zwischen ihm und den Menschen suggerierten, die, zumal in den winzigen Räumen, niemals Platz greifen konnte. Kurzum: Was hier aufeinanderprallte, raubte ihm die Sinne! Eine Normalität, wie er sie nicht mehr kannte, wie sie ihm durch das Zu-Ende-Gehen der Haft aber schlagartig auf die seine übergestülpt wurde, indem er sich zum ersten Mal nach langer, langer Zeit, nicht anders als beim Verlassen seines Domizils, einfach so, nichts dabei denkend, den Riemen einer Tasche über die Schulter gegurtet, auf den Weg machte. Wie gegen alle Überforderungen schützte sich der Körper jetzt auch vor dieser. Er machte Roberto glauben, nichts Reales, vielleicht die Aufführung eines Stückes zu betrachten. Und auch wenn sich der Schock mit der Zeit etwas löste, blieb das für alle Welt »Normale« fortan keine Art und Weise, nach der er es der Mühe wert befände, sich umzublicken.

Die Suche nach einer festen Bleibe, sie dünkte ihn zunächst, Teil genau solch unlauteren Norm zu sein. Rasch wollte er sie hinter sich bringen, ihr dadurch auf Abstand bleiben. Die erst beste Adresse, eine Einzimmerwohnung mit Kochnische, befand sich im alten Kern des Städtchens. Erreichbar nur durch einen links wie rechts vom fettigen Dampf zweier Küchen verhangenen Gang, gelangte Roberto über eine notdürftig angebrachte Treppe in den ersten Stock. Hinter der einzig infrage kommenden Tür drang lautes Geschrei, begleitet von einem Poltern, das einem festen Handgemenge entstammte, nach draußen in den fahlen Innenhof. Die Ungastlichkeit einer zur Vermietung annoncierten Wohnung interessierte ihn. Seilergasse 14. Roberto vergewisserte sich noch einmal vor dem Haus, dass er sich in der Tür auch nicht geirrt hatte. Dann ging er wieder hoch und horchte, diesmal das Ohr dicht an die Eingangstür gepresst. Von den ungestümen Rempeleien war das Keuchen einer Frau zurückgeblieben, während die zweite, männliche Stimme es nicht verabsäumte, sie dann und wann mit Flüchen zu belegen. Das Geplärre hatte dennoch Stil. Er beschimpfte sie nicht derb, sondern beschwor sie fast des für nötig befunden Ablasses – übrigens in feinstem Deutsch. Dann kehrte Stille ein. Roberto wartete, ob sich noch etwas täte, geradezu so, als hätte er Lust gehabt, in eine brenzlige Situation zu geraten.

Hinter der Tür war nun dauerhaft Ruhe eingekehrt. Roberto entschloss sich, ein andermal wiederzukommen. Da öffnete sie sich doch noch. Heraus kam die Frau. Sie blickte zu Boden. Erst mit dem Zufallen der Tür sah sie Roberto. An der verwischten Wimperntusche erkannte er, dass Tränen ihr in den Augen gestanden hatten.

»Alles in Ordnung?«

Die junge Frau nickte unmerklich. Erstaunlich ruhig bemerkte sie:

»Sie sind wahrscheinlich wegen der Anzeige hier. Nun, es tut mir leid, die Wohnung ist bereits vergeben.«

»Oh, wirklich. An wen denn?« Roberto deutete an ihr vorbei. »An ihn?« Keine Reaktion. Er suchte in ihrem zarten Gesicht nach der Preisgabe von etwas, das sich in der Sekunde nicht ausdrücken ließ. Sie ließ es zu. »Soll ich sie noch ein Stück begleiten?« Wortlos erklärte sie das Gespräch für beendet. »Also nein.« Roberto wartete noch auf das Zufallen des Portals. Dann drückte er die Klingel zum Appartement.

»Es ist offen!«

Er ging hinein. Auf den ersten Blick wirkte der Mann um einiges schäbiger, als es sein sauberes Hochdeutsch hätte vermuten lassen. Er trug abgetragene Jeans, einen speckigen Overall, Dreitagebart. Im Mund steckte eine Zigarette, an der zwei Fingerbreit abgebrannter Tabak baumelte. Zu Robertos Überraschung kroch der Mann vor ihm auf dem Teppichboden herum, ganz offensichtlich den zahlreichen dreckigen Stellen mit Schwamm und Bürste nachtrachtend.

»Sie kommen gerade recht.«

»Um ehrlich zu sein, ich wurde Zeuge ihres Streits. Ich wüsste gerne, worum es dabei ging.«

»Und was gedenken Sie mit der Information anzustellen?«

»Nichts.«

Der Mann erhob sich jetzt.

»Hmm. Nichts also. Zigarette?«

»Ich rauche nicht.«

»Nun denn, setzen wir uns.«

»Dürfte ich ein Glas Wasser haben?«

»Tun Sie sich keinen Zwang an.«

Roberto schenkte sich ein Glas frischen Leitungswassers ein, trank es zur Hälfte leer, füllte den abgetrunkenen Teil wieder nach und setzte sich dann an den Tisch.

»Ich möchte auch mit Ihnen ehrlich sein. Sie hat es herausgefordert.«

»Was?«

»Na, ich nehme an, das haben Sie gehört.«

»Ich hörte ein Keuchen.«

»Genau. Weshalb hat sie wohl gekeucht?«

»Weil Sie handgreiflich wurden.«

»Nein! Weil sie sich weigerte zu gehen. Sie hätten diese Furie einmal sehen sollen.«

»Ich nehme an, es war notwendig.«

»Wie ich schon sagte, sie hat es mit ihrer Sturheit herausgefordert.«

»Sagte sie mir deswegen, dass die Wohnung vergeben sei? Weil sie nicht ausziehen wollte?«

Der Mann begann zu lächeln.

»Das also sagte sie Ihnen.«

»Ja.«

»Wissen Sie, es geht hier nicht um Geld.« Er beugte sich zu Roberto und flüsterte: »Sie hasst Männer. Sie, mich, einfach alle.« Und laut: »Darum geht es. Und ich kann es nun mal nicht ausstehen, wenn man mich hasst.« Er steckte sich eine neue Zigarette in den Mund. »Sie würden es eine ganze Weile nicht bemerken. Mit ihrer eigenwilligen Schönheit betört sie jeden, ohne dass es in ihrem eigenen Interesse läge. Ihr Anblick ist ein Fluch, wenn sie erst in ihren dunklen Augen versunken sind. Sie sehen mir allerdings so aus, als könnten Sie Ihrem Blicke widerstehen. Hab ich recht? Mit Ihnen ist etwas nicht in Ordnung!" Und nach einer kurzen Unterbrechung: »Wie wäre es, wenn Sie die Wohnung sofort, mit heutigem Tag, übernehmen? Deshalb sind Sie doch hier aufgekreuzt, nicht wahr?«

Roberto wollte sich nicht gleich festlegen, willigte aber, dem Drängen des Mannes nachgebend, ein.

»Sagen Sie mir noch eins: Meine Vormieterin, wie heißt sie, und wo finde ich sie?«

»Ihr Name ist Gabrielle. Sie arbeitet hier in der Stadt für das Reisebüro am Hauptplatz, gleich ums Eck.«

Tags darauf zog Roberto ein. Das bedeutete aber nur so viel, dass er wie am Vortage aufschlug, nichts weiter als das, sein

ganzes Hab und Gut beinhaltende Reisetäschlein mit sich füh-
rend. Wo normalerweise Kiste über Kiste Hausrat herange-
schleppt, den Siedelnden von hier nach da verlegt, da trat Robert
nicht anders durch die Schwelle, wie die aberhunderte Male
danach auch. Und so, wie er nicht einzog, merkte er an der immer
noch wahrnehmbaren Wärme des Zimmers, dass Gabrielle nie
wirklich ausgezogen war. Überall begegneten ihm ihre Spuren:
die zurückgebliebenen Nägel in den Wänden, pechschwarzes,
halblanges Haar in den Ecken des Fußbodens, ja sogar einen
besonderen Geruch, den einer gepflegten Frau nämlich, meinte
er zu vernehmen. An der Stirnseite, quer zum einzigen Fenster
des Raumes, stand noch ihr altes Sofa. Fürs Erste fläzte sich
Roberto in die abgewetzten Kissen, auf denen es nicht lange dauerte, bis er einschlief.

In den darauf folgenden Wochen gelangte Roberto dann tatsächlich in einen nicht für möglich gehaltenen Gleichschritt. Es
waren Wochen, in denen er sich wie von Ambrosia genährt fühlte,
weswegen nicht einmal die einsetzende Normalität ihm großartig
zusetzte. Von was er auch profitierte, es hatte ihn schon in der
Auseinandersetzung mit dem sonderbaren und zuweilen zur
Gewalt neigenden Vermieter in eine Leichtigkeit verholfen, hatte
ihn die Furcht vor dem Ungewissen hinter der Türe vergessen
lassen, sodass man nicht Mut dafür verantwortlich machen
konnte, sondern einen stillen Anklang für das Fremde, Absto-
ßende, für die vormals nicht reizvoll genug erscheinenden Seiten
des Menschseins.

Obwohl er nicht viel, nur Josefs Andeutungen zu Gabrielles
sexistischer Einstellung kannte, war er sich dessen sicher: Wie sie
ihren Konflikt bewältigten, entsprach ihrer beider Art in gleichen
Maßen. Welch unvergleichliche Erkenntnis! Zeigte sie doch, dass
trotz aller Rhythmik, die alles diktierende Konformität auf
Roberto keinen unbeschränkten Zugriff mehr gewährt bekam.
Weshalb würde jemand denn sonst auf so simple wie essenzielle
Verfahren, wie der Auslotung des angemessenen Preises für eine

Ware, keinen Pfifferling mehr geben? Ein Verfahren, bei dem der Käufer gut daran tut, stets auf der Hut zu sein. Die übliche Diabolik, wer hier wen übers Ohr haute, in Robertos Fall schon tot, bevor sie anfing zu wirken. Nicht einmal vom Zustand der Wohnung hatte er sich überzeugt, es schlichtweg vergessen zu tun. Später begnügte er sich mit kleineren Reparaturen und Ausbesserungen. Das Anbringen zusätzlicher Griffe an quietschenden Schranktüren zum Beispiel (welch Fortschritt!); ein kleiner Spritzer Öl in die Scharniere ließ sie dann sogar wieder geräuschlos gleiten. Was er sich besorgte, Kleineisen, Klebstoff, Werkzeug, schuf Abhilfe bei kleineren Gebrechen oder ergänzte das vorhandene Mobiliar dezent mit etwas Komfort. Lediglich einen Hocker zum Hochlagern der Beine gönnte er sich hinzuzusetzen, wo ihm das bloß Vorhandene erfreute und ausreichend vorkam zum Leben.

Nicht vergessen konnte er hingegen Gabrielle. Immer wieder dieses ineinander geschachtelte Schwarz-Weiß des gewellten, zum Hals hin stufig geschnittenen Haars mit dem gepuderten Gesicht. Darinnen das schwarz umrandete Weiß, aus dem sich die Tiefe des Pupillenkerns hineinwölbte. Für eine Minute nur hatte Roberto sie bewundert und seither nicht wieder vergessen können. Doch war es nicht das Bild, das ihn im Frühsommer an besagten Hauptplatz, wo sie arbeitete, heranführte. Aus dem Bild schälte sich keine Vision. Es blieb ein Bild. Aber ein beglückendes!

Schon von der anderen Seite des Platzes erkannte er sie durch die Scheibe. Langsam schritt er über die Pflastersteine in Richtung des schlichten Eckhauses. Nicht mehr weit, sah er die Köpfe eines jungen Paares der Spitze ihres Stiftes bis zu der Stelle nachfolgen, wo sie dem Kontrakt ihre Unterschrift sogleich hinzusetzten. Ihm fiel auf, dass Gabrielle danach nur der Frau die Hand schüttelte. Der Mann stand einen Schritt versetzt, nur halb beteiligt daneben. Er war es auch, der Roberto an der Tür den Vortritt ließ.

Artig wie im Postamt, wenn er Lazar einen Brief schickte, wartete Roberto auf ein Zeichen, herantreten zu dürfen. Gabrielle war noch damit beschäftigt, Ordner um Ordner in die Lücken der halbhohen Regalwand hinter ihrem Schreibtisch zu stopfen. Erst als die Dame des gegenüberliegenden Tisches ihn mit einem »Ja, bitte?« zu sich heranholte, drehte sie sich um. Gabrielle begriff sofort.

»Ich kann den Herrn übernehmen, Rosi. Wenn Sie mich für ein paar Minuten entschuldigen würden?«

»Ich warte.«

Sie verschwand im Hinterzimmer. Auf seine Frage, worin sie denn so vertieft sei, entgegnete die Kollegin, deren Name mehr nach Heim- denn Fernweh klang, dass ein Stammkunde sich neuerdings für diese weißen Pferde in der Camargue interessieren würde. »Und wissen Sie, mit Ausnahme von Paris fährt hier eigentlich so gut wie niemand nach Frankreich.« Danach war auch dieser Small-Talk beendet.

Ein etwas zu groß geratenes Schild fand Robertos Aufmerksamkeit. Es trug die Aufschrift »Eine Erfrischung gefällig? Zögern sie nicht! Das Team ‚Himmelblau‘ steht ihnen zur Verfügung.« Nur zu gerne hätte er Gabrielles Bereitschaft, ihm eine Tasse Kaffee angedeihen zu lassen, auf die Probe gestellt. Doch hatte er sich den Genuss im Gefängnis fast gänzlich abgewöhnt und wollte sich den Konsum, auch nur eines Teils der stattlichen Mengen, nicht wieder angewöhnen. Also beließ er es seiner Fantasie vorbehalten, sich ihre Reaktion auf den Wunsch eines Mannes auszusuchen.

Wie versprochen, kehrte sie nach nur wenigen Minuten zurück, setzte sich ohne Umschweife an den Tisch und widerlegte damit zunächst die ihr zugedachte Rolle des schnippischen Frauenzimmers. Aber schon der Beginn ihres Gespräches deutete wieder in Richtung manch anderer Vermutung. In Anspielung auf ihre Begegnung im Treppenhaus begann sie mit der scharfzüngigen Bemerkung, ob sie ihm denn dabei helfen könne, das Weite zu suchen. Darauf Roberto, der ruhig blieb:

»Sie erinnern sich also an mich.«

»Machen Sie aus dem Umstand keine Affäre. Es war mir nicht genehm, so wie ich aussah, einem fremden Mann zu begegnen.«

»Mir war es anders. Es fällt mit nicht leicht, die richtigen Worte zu finden. Etwas bewahrte mich davor, einen Rückfall in alte Muster zu erleiden, und ich gedenke es mit unserer Begegnung in Verbindung zu bringen.«

»Josef hat mich geschlagen!«

»Lassen Sie es mich erklären. Gleich nachdem sie gegangen waren, habe ich geläutet. Wir sprachen eine Weile miteinander. Er, Josef, meinte, Sie wären nicht bereit gewesen, die Wohnung abzutreten.«

»Das stimmt. Es ist ja auch die meinige.«

Gabrielle versuchte erst gar nicht, das Gespräch vor Rosi geheim zu halten. Selbstbewusst erhob sie die Stimme gegen Roberto, der ihr mindestens so sehr zum Widersacher, wie sie für ihn zur Komplizin zu werden schien.

»Welches Verhältnis Sie zueinander unterhalten, ist mir nicht einsichtig«, nahm Roberto den Faden wieder auf. »Das zu bewerten, was ich nicht sah, steht mir nicht zu. Das andere war ein tränenverlaufenes Gesicht. Es eröffnete mir einen unverstellten Blick auf einen Schmerz, der mir doch gleichzeitig die Fülle des Lebens offenbarte. Ich kann es nicht mit Bestimmtheit sagen, warum, aber ich fühlte mich bei ihrem Anblick wohl.«

»Sie sind verrückt!«

»In diesem Moment, als wir zusammenstanden, da empfand ich kein Unglück auf Ihnen lasten. Die Beherrschtheit Ihrer Trauer, das versteckte Strahlen wie eh, hätte ich Sie vordem schon gekannt; einem Kampfe mögen sie unterlegen, nicht aber die Gespielin eines Peinigers gewesen sein.”

Gabrielle seufzte ob des verworrenen Gesprächs, aber wohl auch, weil sie gegen Roberto nicht die übliche Antipathie zu entwickeln vermochte. Denn soll der zu Recht geäußerte Verdacht hier Bestätigung finden, dass Gabrielle sich dazu entschlossen hatte, nach ihren alleinigen Vorstellungen zu handeln, unbeeinflusst von anderen Stimmen, am wenigsten denjenigen zu einem Mann gehörigen. Zu den Gründen lässt sich einiges, nicht jedoch viel Gesichertes darlegen, so dass ihr Wille vorerst als Faktum Anerkennung finden soll. Das »Männliche« stieß sie ab, und sie war zu jung, ihm gleichgültig ausgesetzt zu sein, und zu alt, das einmal so Verfolgte leichtfertig fahren zu lassen. Umso erstaunlicher der Auftritt des Fremden: bestimmt, doch zu ehrlich, machtbewusst, doch ohne Gewalt zu verherrlichen; männlich, aber einen Hauch zu träumerisch für einen Mann. Was sollte sie davon halten? Sie entschloss sich, Roberto milde vor die Tür zu setzen. Dabei traf es sich, dass eine Horde von Schülern, auf der Suche nach dem feucht-fröhlichen Inselabenteuer, lauthals in das kleine Büro eindrang.

»Wir können das Gespräch ein andermal fortsetzen.« Roberto gab ihr die Hand, sie erwiderte den Gruß. »Es hat mich gefreut. Auf Wiedersehen.«

Ein weiterer Monat verging, ehe Roberto erneut Anlass fand, das Reisebüro aufzusuchen. Gabrielle war noch nicht zurück von einem Dienstgang. Nur Rosi saß, wie bei seinem ersten Besuch, unverändert hinter dem Bildschirm ihres Computers. Er entschloss sich zu warten.

»Sie kommen spät.«

»Schneller ging's nicht. Oder was meinen Sie?«

»Den Sommer. Es ist nicht mehr viel übrig von ihm.«

»Eigentlich möchte ich gar nicht verreisen.«

»Ach!«

Für einen kurzen Moment ließ seine Antwort sogar das sonst einen Teppich flechtende Klackern der Tasten verstummen.

»Wie geht es eigentlich ihren Erkundigungen? Täusch ich mich, oder gibt es in der Camargue nicht auch diese wild lebenden, schwarzen Stiere?«

»Flamingos …«, knüpfte Gabrielle, die eben eingetreten war, etwas außer Atem an das aufgeschnappte Ende des Gespräches an. »… die gibt es dort wirklich zuhauf.« Dann zog sie sich ihr dünnes, smaragdgrünes Jäcklein aus.

Roberto fragte nach einer Tasse Kaffee. Anstandslos bekam er einen heißen Becher mit Zucker und Rührstäbchen in die Hand gedrückt.

»Ich möchte ihnen etwas zurückgeben. Es stand hinter dem Vorhang auf der Fensterbank. Ich war so frei und habe es gelesen. Deshalb komme ich erst jetzt zu Ihnen.«

Sie nahm das Buch wortlos entgegen, hielt es dann aber die ganze Zeit fest in beiden Händen, so als wollte sie dem für verloren geglaubten Liebling immerwährende Zuneigung versichern.

»Dann hat Josef also Ihnen die Wohnung gegeben.«

»Auch auf die Gefahr hin, dass Sie mich nachts aus dem Schlaf jagen, ja, so ist es.«

»Ich habe das Buch vor Jahren gelesen. Das Einzige, das ich nach meiner Scheidung mitnahm. Ich konnte mich nicht davon trennen. Genauso wenig wollte ich es ständig vor meiner Nase haben. So bekam es den Platz. Die Sprache ist unübertroffen schön. Sie werden keine einzige Bemerkung an den Seitenrändern, keine Herausstreichung und keine die Wichtigkeit oder Meisterschaft einer Passage kennzeichnende Linie entdecken, wie ich es sonst pflege zu tun. Wie es verfasst, ausladend und frei, bedarf es weder eines Punkts noch eines Kommas mehr hinzuzusetzen. Nehmen Sie nur die Geschichte vom ‚Nussbraunen Mädchen‘ oder jene vom ‚Mann von fünfzig Jahren‘. Wunderbare Erzählungen! Die Geschwindigkeit bestens getroffen. Nur die Frauen erscheinen mir ein wenig zu blond, zu vollbrüstig, stets zu sehr in der Gunst ihrer Brautwerber sich verheerend.«

Roberto musste plötzlich an sein eigenes Buch denken.

»Sie litten wohl sehr unter ihrer Scheidung?«

Flammen schlugen aus dem Packen, rissen vereinzelt angekokeltes Papier mit sich in die Höhe.

»Ich bereue nichts.«

Roberto bereute nichts.

»Der Vorsatz, sich nicht mehr als DREI Tage an ein und demselben Ort aufzuhalten, ist bewundernswert, finden Sie nicht? Man darf ja nicht vergessen, wie viele Orte einem unterkommen, die einem wohl täten. Aber auch von denen müsste man sich losreißen, bevor sich erste Triebe in den Boden schlügen.«

»Der Preis der Freiheit. Oder die Freiheit zum Preis? Wie Sie wollen.«

»Wäre jemand denn frei zu nennen, den es zurückhält?«

»Hat er die Wahl?«

»Was für eine Frage. Er muss sie haben! Sonst wäre seine Freiheit doch nur ein Euphemismus für ihr glattes Gegenteil. Nein, nein. Frei ist nur derjenige, dem es beliebt zu bleiben, wenn er gehen will, und aufzubrechen, wenn es anfängt gemütlich zu werden.«

»Und Wilhelm?«

»Wilhelm ist so nahe dran, wie ich wohl bei keinem noch das Gefühl hatte. Doch auch er braucht sein Gelübde, um den Versuchungen zu widerstehen.«

»Dann ist sie wohl eine Utopie.«

Beide lächelten, sagten aber nichts mehr, suchten vielleicht vergeblich nach Argumenten, welche die gewonnene Erkenntnis noch umstürzen würden. Dann erhob sich Roberto von seinem Platz.

»Ich möchte mich bei Ihnen bedanken. Aber ich muss jetzt gehen. Auf ein Wiedersehen.«

Es vergingen noch einmal der Rest des Sommers und ein Gutteil des Herbstes. Roberto hatte inzwischen ein erstes Jobangebot erhalten. Erst am Tag bevor es losging, wurde ihm bewusst, dass das Speditionsunternehmen, bei dem er die Stelle eines Lageristen ausfüllen sollte, ganze siebzig Kilometer entfernt in einem Gewerbekomplex firmierte und er sich schleunigst überlegen musste, wie er es von morgen an pünktlich dorthin schaffen würde. Also machte er Erkundigungen am Bahnhof. Bevor er an die Reihe kam, lauschte Roberto dem Hin und Her der durch einen Lautsprecher übertragenen Stimme des Schalterbeamten und den, ob seiner ganz eigenen Art, Auskunft zu geben, kleinlaut durch das nur halb geöffnete »Orakelfenster« gestellten Fragen der Bahnkunden. Eine Mischung aus Cabaret, Volksseele und Frohnatur, die dann auch Roberto zu spüren bekam.

»Sie schauen mir nicht gerade wie ein Frühaufsteher aus.«

»Meinen Sie?«

»Ich meine nicht nur.«

Der Frechheit des ÖBB-Beamten war durchaus stattzugeben.

»Wenn Sie auf meine Haare anspielen …«

»Ja, ja, verstehe. Jedenfalls müssen Sie um fünf Uhr zehn los. Dann kommen Sie mit etwas Glück am Zielbahnhof mit dem Bus weiter.«

»Zehn nach fünf! Sie haben recht. Das ist früh.«

»Lassen Sie's bleiben. Dann leben Sie länger.«

»Im Gefängnis lernt man's.«

»Im Gefängnis?«

»Früh aufzustehen.«

»Ach so, das. Ja. Bei der Bahn auch.«

Von da an war Roberto pendelnder Gemeinkostenlöhner auf Probe. Auf einer Skala von eins bis zehn rangierte er damit auf einer guten acht, was die Freizügigkeit anlangte. Leibeigenschaft und Sklaverei auf den Plätzen. Aber kein Gedanke an Abhängigkeit oder Einschränkung bei ihm. Er hatte sich entschieden, seine Entscheidungen nicht lange zu überdenken. Er konnte sie jederzeit revidieren! Er fühlte sich nicht an sie gebunden, schon gar nicht als ein von der Bahn Kutschierter. Daran fand er sogar den größten Gefallen. Denn das Zugfahren ließ ihm Zeit zum Lesen, das er nach der Lektüre der »Wanderjahre« fortzusetzen gedachte.

Im Großraumwaggon der S-Bahn wurde er Teil eines ganz eigenen Kollektivs; anders als bei der Rückfahrt, wenn die Erlebnisse der Schülerinnen sich Luft verschafften, herrschte morgens eine wache, sich bahnbrechende Stille. Von den immer gleichen

Personen, die sich zur Unzeit einfanden, gab es, trotz seines frisierten Erscheinungsbildes, nur den einen, aus dem Rahmen fallenden Herrn in senfbraunem Jackett, der seinen zuvor unterbrochenen Schlaf genüsslich fortsetzte. Allen anderen merkte man nichts an von der Tageszeit. (Oder sollte es hier nicht besser Nachtzeit heißen?)

Roberto war fast immer einer der Ersten am Bahnsteig. Er setzte sich dann, vermummt wie er war, auf seinen Platz, weil die Waggontür im Auf-und-zu-Gehen immerzu kühle Luft von der endigenden Nacht einließ. Die Letzten kamen jedes Mal bis wenige Augenblicke vor Abfahrt, pünktlich wie ein Uhrwerk seelenruhig dahergeschlendert. Von ihnen stammte dann auch der erste Duft von Kaffee und Blätterteig, welcher das Innere des Abteils allmählich wärmte. Robertos Morgenritual hingegen geruch- und geräuschloses, unsichtbares, gefühlvolles, ihn ganz und gar zufriedenstellendes Träumen von einer Frau, ehe ihn das Aufjaulen der E-Lok an sein Buch erinnerte. Der Zufall wollte es, dass ihre Wege sich noch ein DRITTES Mal kreuzten.

An diesem Tag ging es ihm seit langer Zeit wieder deutlich schlechter. Schon der Morgen begann mit einem Disput. Weil er sich absolut nicht in der Verfassung sah, den ganzen langen Tag über für das Verfrachten der Sendungseinheiten das notwendige Standvermögen aufzubringen, rief er kurzerhand bei Herrn Schwarz, dem zuständigen Gruppenleiter, an. Obgleich Herr Schwarz die Krankmeldung persönlich keineswegs anfocht, musste dieser ihm die Auflagen zu Bewusstsein führen, unter welchen es ihm während der ersten sechs Monate absolut und bei solcher Verfehlung naheliegender Konsequenzen strikt untersagt wäre, auch nur daran zu denken, seinen Dienst nicht zur vereinbarten Stunde anzutreten. Natürlich hatte der Gruppenleiter damit völlig recht! Das Arbeitsmarktservice würde davon erfahren.

»Aber verstehen Sie doch, Herr Schwarz«, sagte Roberto, »ich liege noch im Bett.«

»Schön für Sie. Aber, verdammt nochmal, warum erfinden Sie nicht wenigstens eine Geschichte. Eine, der ich etwas abgewinnen könnte. Was glauben Sie eigentlich, werde ich jetzt tun?«

»Ich würde an Ihrer Stelle das Gleiche tun. Es ändert aber nichts an den Tatsachen. Der Job ist nichts für mich, gleichwohl ist es der Job, den ich für den Moment als den richtigen für mich erachte.«

»Ich schlage vor, Sie erzählen diesen Schwachsinn Herrn Moser.«

Gleich nachdem er aufgelegt hatte, erschrak Roberto, weil er vergessen hatte, Herrn Schwarz den eigentlichen Grund seiner Krankmeldung mitzuteilen. Wie vieles andere seit seiner Entlassung in günstigen Bahnen verlief, so auch die Besserung seines Rückens – auch den Leiden gegenüber ein Vorteil, einfach nicht an sie zu denken; denn zweifellos war der deformierte Stützapparat nicht einfach so geheilt worden. Ein paar Wochen in den Lagerhallen bekräftigten offenbar diesbezügliche Grenzen eines wie lange nicht mehr zufriedenen Daseins. Einige von Doktor Falks Wunderpillen, so fiel ihm ein, lagen noch im Seitenfach des Reisetäschleins. Er solle sie nur im absoluten Ernstfall zu sich nehmen, hieß es in damals, angesichts der noch häufiger ausbrechenden Schmerzattacken, nur vage angedeuteten Bedenken einer Abhängigkeit. Die Tasche war greifbar wie auch ein zur Nachtzeit unberührt gelassenes Glas Wasser. Das Präparat wirkte schnell. Nicht mehr fand er, was er suchte, gleichwohl es sich mehr danach anfühlte, ein Daunenkleid hätte den Herd rundherum eingefasst und nichts mehr nach draußen dringen lassen, außer den sanften Druck des neutralisierenden Polsters.

Mit dem kurzen Telefonat vom Morgen hatte sich die Sache mit der Arbeit vorerst erledigt. Genauso empfand es Roberto aber für falsch, in den Verlauf der Dinge steuernd einzugreifen. Da rüttelt sich was zurecht, dachte er. Und würde dieser Herr Moser, den er und der ihn nicht näher kannte, sich als ein vorschnell urteilender Anführer erweisen, der ihn zu einem Simulanten abkanzelte, na, dann hätte ihm sein Rückgrat (man beachte die

Doppeldeutigkeit!) soeben den ersten Irrweg seines zweiten Lebens vereitelt.

Bis spät in den Nachmittag hinein zeigte das Medikament keine Anzeichen von Schwäche. Roberto nützte das Geschenk für einen ausgedehnten Spaziergang. Auf dem Nachhauseweg kam er am Reisebüro vorbei. Gabrielle war da. Allerdings trug sie bereits ihren Mantel und war dabei abzuschließen.

»Hallo! Darf ich Sie um ihren Rat fragen? Mir ist gerade etwas eingefallen.«

»Kommen Sie morgen wieder. Sie sehen doch.«

Er überlegte kurz, welcher Tag heute war. Es war ein Mittwoch.

»Morgen. Ja, das könnte schon klappen. Vielleicht aber auch nicht. Ich nehme an, Sie kennen sich in Italien besser aus als in der Provence?«

»Wollen Sie also endlich verreisen?«

»Vielleicht?«

Gabrielle hatte ein Lächeln aufgesetzt und deutete nach Robertos Appartement.

»Gehen wir zu mir.«

»Sie meinen zu mir!«

»Nein! Aber die Idee gefällt mir. Gewähren Sie mir einen letzten Blick in meine alte Wohnung.«

»Das ist höchst seltsam.«

»Ach ja?«

»Wann bekäme man dazu je die Möglichkeit?«

»Dazu?«

»Sie entschließen sich zu siedeln, sie suchen sich ein neues Heim, sie verbringen ihre Habseligkeiten dorthin, putzen die Verlassenschaft, übergeben den Schlüssel in jemandes fremde Obhut. Ein letztes Mal durch die Haustüre. Das war's! Was bleibt, sind Erinnerungen.«

»Es reizt mich, dieser Regel die Ausnahme zu setzen.«

Gesagt, hing sie an seinem Arm, ihn gleichsam den Weg aufdrängend, wie er sie gleichviel galant zu sich führte.

»Was können Sie mit über Perugia erzählen?«

»Wie schade! Wollen wir nicht über etwas anderes reden?«

»Ich möchte vielleicht dorthin fahren. Ich oder ein Freund oder wir beide zusammen.«

»Was ist das für ein Freund?«

»Das ist eine komplizierte Geschichte.«

»Nun, dann werden wir uns nicht schweigend gegenübersitzen.« Sie lächelte dem letzten Satz hinterher.

»Er ist Serbe. Wir kennen uns seit der Geschichte mit Jugoslawien.«

»Und er und Sie möchten nach Perugia reisen, ein Serbe und ein Österreicher in das Herz Italiens. Interessant!«

»Ein Besuch.«

Sie bogen in die kleine Gasse mit den zwei dampfenden Imbissstuben ein und gingen hoch. Gabrielle zeigte sich erstaunt, wie wenig Roberto an Möbeln und Dekoration zugetan hatte.

»Sie sieht ja immer noch so aus wie bei mir!«

»Flüchtig wie ich ein- und ausgehe, fand ich noch keine Veranlassung dazu, etwas zu verändern.«

»Bei dem, was Sie mir vorhin nahelegten, ist das nun einigermaßen enttäuschend. Nehmen Sie nur Wände, wie wandlungsfähig gerade die starren Wände wären.«

»Aber Sie wüssten doch gar nichts davon, bevor Sie nicht nachschauten. Eine Möglichkeit ohne Bewandtnis.« Roberto erwiderte ihre Ausführungen von der Kochnische aus, von wo er anschließend mit Gläsern in den Raum trat. »Das ist die verbotene Ausnahme, von der wir vorhin sprachen. Sie erhalten hier ein Wissen über etwas, das Sie nichts angeht. Ein Geheimnis bedient seinen Zweck nur als ein solches. Nur solange erfüllt es eine Illusion mit Größe. Ist mir unverständlich, warum wir ständig meinen, in der Langeweile einer zur Miniatur geschrumpften Wirklichkeit läge die Weisheit begraben.«

»Vielleicht wollen Sie damit ja nur ihr eigenes Geheimnis schützen.«

»Das da wäre?«

»Dass sie sich wohl fühlen in meiner Nähe?«

»Sie waren die ersten paar Male sehr abweisend mir gegenüber. Woher die Wandlung?«

»Sie lenken ab.«

»Nein! Von Beginn an fand ich sie attraktiv. Aber ich machte mir auch nichts vor. Sie wussten ja, wo ich wohne.«

»Ich zog es in Erwägung. Sie machten mich neugierig. An Jahren durchaus erfahren, vielleicht an die Fünfzig … keine Frau … genügsam, intelligent. Da fragte ich mich, wie es kam, dass er nicht wie die anderen ist.«

»Wie Josef zum Beispiel?«

»Josef ist Ihnen ähnlicher, als Sie es glauben mögen. Etwas strebsamer, etwas zielgerichteter, aber nicht unehrlich.«

»Er sagte mir, dass Sie Männer hassen.«

Gabrielle musste lachen.

»Fürchten Sie sich etwa vor mir?«

»Nein.«

»Aber?«

»Was gerade passiert, ist nicht alltäglich.«

»Ich muss Sie warnen. Josef hat recht.«

»Ich weiß.«

»Das ist alles, was Sie dazu sagen? Ich könnte einen Revolver bei mir tragen, mich rächen wollen für die geschlagenen Wunden. Irgendwer muss schließlich dafür bezahlen. Auf der Welt gleicht sich immer alles aus. Unterdrückung und Terror, Schuldner und Gläubiger, Freiheit und Zweckdienlichkeit, Perversion und Normalität, das eine existiert nur durch sein Gegenteil, finden Sie nicht?«

»Ich glaube nicht, dass Sie Anlass haben, mich zu erschießen. Noch nicht.«

»Dann verstehen wir uns also.«

Noch bevor Roberto darauf antworten konnte, zog Gabrielle mit einem gezielten Griff an ihr Dekolletee Bluse samt BH so weit zur Seite, dass ihr davon entblößter Busen bar jedweder Aufgehobenheit seine natürliche Fleischlichkeit behauptete. Roberto schien von der Zudringlichkeit nicht im Geringsten irritiert, reagierte mit einer spontanen Liebkosung ihrer begehrenswerten Brust, presste sie zärtlich zusammen, derweil sie seinen Schopf in die bestimmte Richtung ihrer Wollust geleitete. Sie genoss es, wie Roberto seine Nässe auf dem Vorhof verteilte, wie er sich dabei Zeit ließ und nur wie zufällig mit der Zunge an die gehärtete Warze anstieß. Roberto wiederum gefiel es, im selben Augenblick zu geben wie zu nehmen. Aber wer hätte gedacht, dass die enthemmte Lust, die Selbstvergessenheit, die Ergebenheit eines Moments gnadenloser Vereinigung, all das an der Kleinigkeit eines in die Luft gehauchten Satzes hing! Gabrielle wisperte ihn vor sich hin.

»Was sagen sie?«

»Wie du heißt, möcht ich wissen! Wir stellten uns einander noch gar nicht vor. Vergessen?«

Er stieß sie von sich.

»Was ist los?«

»Gehen Sie jetzt.«

»Wie kannst du es wagen!«

»Es ist mein Ernst. Verschwinden Sie.«

Das »Warum« eines tragischen Endes wie diesem bleibt im Verborgenen, so sich der Leser nicht damit begnügen möchte, sich auf eine Spielart des Meisters Gelübdes zu verständigen: nicht öfter als DREI Mal einander begegnen. Er möge seine Untersuchung unterbrechen und dem Gewicht der Tatsachen den Vollzug erlauben; das unerbittliche Meisseln nämlich in den von uns so liebevoll »Geschichte« genannten Rohstoff. Etwas hatte bei Roberto diese Büchse geöffnet, worauf sich ihnen eine Kette des Erinnerns in den Kopf pflanzte und sie beide, letztlich schuldlos, zu der Fremdheit nötigten, die sie in die Rolle ihres Standes, so gleichartig der im Grunde auch war, zurückversetzte, unter welchem sie einander begegnet waren. Gabrielle hatte ihre

Erfahrungen gemacht, und sogar bei Roberto muss zu dem Ende hin ein gewisses Erstaunen eingeräumt werden, dass auch sein Er-Leben nunmehr eine recht lebhafte Geschichte verfestigt hatte, eingedenk derer ihm erst die Freiheit geboten, der zu sein, welcher er bis hierher geworden. Aber wer kennt nicht die Widerspenstigkeit zweier gleich gepolter Felder von Magneten, wie sie sich aufbäumen gegen die kleinste Berührung. Ein kaum merkliches Beieinander, den Namen des anderen zu kennen, entzweite Gabrielle und Roberto.

Sie verfiel erneut dem gehässigen Trotz, seinen Forderungen nicht beizukommen. Zog sich an Ort und Stelle ihr eng liegendes Gewand über die Hüften, entblößte dadurch ihren Schritt, was ihr ein höchst erbärmliches Aussehen in etwa dieser Vorstellung bereitete: bis auf Brust und Schritt, eben alles andere, nur nicht das, von den entrückten Kleidern bedeckt zu wissen.

Er wiederum zerrte sie fluchend zur Tür, weil er mit einem Appell der Vernunft sowieso nur auf taube Ohren gestoßen wäre. Gabrielle wehrte sich dagegen, so gut sie nur konnte. Die Beine waren ihre schärfste Waffe, doch musste dafür erst noch die Hose vollends abgestreift sein. Roberto erkannte die Gefahr. Der anschließende Faustschlag reute ihn nicht. Weder jetzt noch später. Benommen sackte Gabrielle zu Boden. Zum zweiten Mal nach dem Angriff auf die Polizisten hatte er einem Menschen eine Verletzung zugefügt. Zum ersten Mal einer Frau.

Gabrielle war bedient. Sie verließ keuchend die Wohnung. Es war fast wie damals, nur dass Roberto nicht vor der Tür horchte, sondern anstelle Josefs hinter der Tür das wahrscheinlich Notwendige erledigte. Und kurz hielt er sogar in der Erwartung inne, dass vor der Tür ein weiterer Ankömmling klingelte.

* * *

Der Herbst zeigte sich ungemein standhaft dieser Tage. Immer noch stiegen Temperaturen auf fünfzehn Grad Celsius und mehr.

Schnee, wenn überhaupt, oberhalb der Waldgrenze, an den Nordflanken der Zweitausenderhänge. Manche der Bäume in den Tälern hielten immer noch fest am teils in hellem Grün erstarrten Laub. Wer den Zustand der Natur an diesem frühen Dezember beschreiben wollte, der traf es wohl am besten, an ihm das Vergessen abzulesen, Vorkehrungen zu treffen für die kalte Jahreszeit. Scheinbar wartete die Fraktion der Siebenschläfer, Eichhörnchen, die Ulmen und Ahorne immer noch auf den entscheidenden Anstoß, auf DAS Ereignis: ein Tag unter dem Gefrierpunkt, das ruhige Schaukeln der ausgebliebenen Oktoberflocken, die anders trockene Luft; sie alle untrügliche Vorboten des angehenden Winters. So fanden sich auf den Trampelpfaden und Waldwegen unvermindert Spaziergänger und Wanderer, die unermüdlichen Freigänger des Altweibersommers – diese erfreut ob ihres unverhofften Zuwachses an lauen Spätsommertagen.

Dem Wandern war Roberto in früheren Tagen nicht besonders zugetan gewesen. Er schätzte vielmehr den Wettkampf, Mann gegen Mann, »contre la montre«. Immer wollte er sich messen, auf der Jagd nach einem Titel. Nichts interessierte ihn mehr als die »Division 1« gleich welchen Sports. Alles andere nur ein notwendiges Übel einer Auslese von Talenten aus der Masse an unreifen Kadetten. Und Wandern? Langsam, wirkungslos, ziellos. Etwas für ältere Herrn oder Schulausflüge. Später, als er sich für die Beschaulichkeit zu interessieren begann, erlaubte sein Rücken nur kleine Kostproben vom unvergleichlichen Zauber einer Wanderschaft: die kleinen Enthüllungen am Wegrand, den müde gewordenen Schritt, das Einsetzen der Dämmerung von einer Lichtung aus besehen oder der gleißende Himmel über einem Meer bis an den Horizont reichender Gipfel. Inzwischen wusste Roberto aber um das Verpasste. Um wie viel beglückender die Nähe einer unermesslichen Weite einem begegnete, zu der man, vielleicht erst nach tagelangem Gehen, den verschwindend kurzen Augenblick eines Ur-Vertrauens findet. Geradeso als webte noch die Ahnung eines Wogens in uns. Elemente sich frei von jeder Satzung aneinander fügend. Zufall als die eigentliche Ordnung. Gesetz des Zufalls! Geburtshelfer des Anschickens zartester Sorgsamkeit für ein sich selbst Genügendes. Einen Teilhaber. Ein Wesen. Sich abschottend vor den anderen. Membran an Membran an Membran. Unzählbar bald. Eine Ahnung also, wer der Baumeister unseres glühenden Daseins.

Roberto schien es deshalb leichtfertig, wovon er auf kurzen Wegen die Andeutung erfuhr, ein paar Arthrosen wegen nicht mehr nacheifern zu wollen. Nun allerdings hatte er die Möglichkeit in Händen, sich des Hemmnisses zu entledigen, das ihn regelmäßig zur Umkehr bewog. Und er begann sie auch zu nutzen, sooft ihm der Sinn danach stand. Am Sonntagmorgen aufstehen und losgehen in eine Richtung, ja, auf ein vorherbestimmtes Ziel hin, nein. Häufig fand er sich dann gegen Mittag in einem der zahlreichen, das breite Tal beidseits einfassenden Bergwälder wieder. Eine Kapsel machte den Unterschied. Wie an dem Tag, der ihm die Kündigung im Lager eintrug. Ein kleines Häuflein von mit durchsichtigem Mantel umschlossenen Pulvers nur, und schon durfte er das seinen bald fünfzig Lenzen Gemäße wieder angehen. Auf eine erhabene Stelle, ein Hochland oder unter das Gipfelkreuz einer Bergspitze. Dorthin, wo er sich bereits in der Haftanstalt West wünschte, wenn er auf Doktor Falks Krankenbett saß. Irgendwann so. Desto sehnlicher, je verfallener und katzbuckeliger er beim Doktor erschien. Vielleicht markierte diese Idee des gemächlichen Erklimmens und über den Dingen Stehens für Roberto schon damals einen Wendepunkt. Ein Abheben zu ungekannter Größe, da in dem Mahlwerk des ewigen Verhandelns, rationellen Abwägens, des pragmatischen Abtauschs dieses und jenes Bauern nie mehr als ein paar zerkaute Kiesel ins Freie finden.

Abermals erprobte er die Wirkung des Präparats, von dem er sich schließlich in der Abhängigkeit wusste. Ob es ihm bei jedmalig ausgedehnteren Spaziergängen auf der gut erschlossenen Flussaue auch lange genug den Rücken freihalten würde, ehe er es sich zutrauen durfte, den lange gehegten Wunsch in die Tat zu setzen: die Große Schanze. Ein ansehnliches Stück Felsen inmitten eines ganzen Verbunds von vielleicht zehn aneinandergereihten, kleineren wie größeren Zinnen hatte es ihm, einer Beschreibung Vukomirs folgend, angetan.

Das erste Stück verlief durch ein schütteres Waldgebiet, das sehr bald in die für Alpen so typischen Almen mit ihrem hellgrünen Flaum überging. Für Roberto, als er sie sah, der Anblick von etwas nie Dagewesenem. Ein Schluck frischen Quellwassers, die Nässe einmal übers Gesicht gewischt, kühlte seine Heiterkeit, die im Begriffe war, ihm Flügel wachsen zu lassen. Der Weg ganz nach oben war noch ein weiter. Aber, und so überließ er es den Elementen des Hochlands, ein Scheitern würde ihn diesmal nur bestärken, es auf ein weiteres Scheitern ankommen zu lassen. Jetzt, auf den Hängen seines Arkadiens, gab es so banale Dinge nicht mehr zu befürchten. Hier würde man sich, wenn überhaupt, auf eine Vertagung einigen. Und was machte es in Wirklichkeit auch für einen Unterschied!

Über die grünen Teppiche einer Senke gelangte er zu einer bewirtschafteten Hütte. Noch einmal erfrischte er sich an der Sommers den Durst grasender Rinder löschenden Tränke. Dann ein plötzlicher Schattenwurf. Ein harmloses Wolkengroupette hatte sich gebildet. Aus westlicher Richtung schickte sich Nachschub an. Roberto starrte in den Himmel, beobachtete das gemache Driften, das die jeweilige Einheit einer anders wahrnehmbaren Bedrohung aussetzte. Aber so lange er auch wartete, die chaotischen Verwerfungen der Gebilde schadeten dem Zusammenhalt kaum. Offenbar, so dachte er, gehörte die Vielfalt und nicht das Uniforme zum Übereinkommen, überhaupt so etwas wie eine Gemeinschaft statuieren zu können. Und tatsächlich wagten sich auch kein »Arm« und kein »Bein« weiter in die Peripherie, als es dann den ersten Schritt zur Auflösung bedeutet hätte.

Ein Ruf. Er stammte von einem Knecht, der sich auf einem Stuhl vor der Hütte zur Rast eingefunden hatte. »Wanderer! Warum starrst'n so in d'n Himmel? Da kommt nix.«

Roberto klebte noch an seinem Tagtraum fest, fand seine Gedanken aber lose, von der Quelle durchtrennt. Also wandte er sich dem Knecht zu, folgte den seinen Gesten, die ihn dazu einluden, näher zu kommen.

»Nach was suchst da oben, Wanderer?«

»Ich suche nichts … nichts Bestimmtes.«

»Willst' 'nauf, geh sorglos. Heut bleibt's trocken. Zur Schanz'n?«

»Ja.«

»Hast den richt'gen Tag ausg'sucht. Siehst?" Er deutete auf die Stelle. »Dort geht's 'nauf.«

»Eine Stunde?«

»Mach zwei draus. Ist steil der Weg. Bist aber dafür der einz'ge heut. Die Leut' geh'n lieber auf die Halt. Aufn Höchsten halt. Wenn ich Zeit hätt', würd' ich glatt mit 'nauf. War lang scho' ned mehr droben.«

»Den Anstieg versuche ich ein andermal. Ich glaube, das war's, was mir der Himmel sagen wollte.«

»Aber Wanderer? Heut' ist der Tag!«

»Eben deswegen.«

»Gut, mein Freund. Dann kommst' mit mir. Es ist Zeit, was z'essen.«

In der Stube versammelten sich gerade der Landwirt mit zwei jüngeren Bauern, im Alter noch so eben Tochter und Sohn darstellend, den Gesichtern nach aber ganz unverwechselbar seine beiden Kinder. Der Knecht stellte ihnen Roberto vor als einen Wandersmann, wie er selten geworden heutzutage. Ein Leser der Himmelsmuster sei er und würde an anderem Orte dieser Eigenschaft wohl seinen Namen verdanken. Ein Nicken des Oberhaupts, dann wurden Speck, Brot und Käse gereicht, Wasser und Wein aufgetischt. Alles schmeckte wie frisch gebacken, geräuchert, geronnen, obgleich nichts davon frisch, sondern taglang gelegen war. Den Speisen hatte das nichts angehabt. Im Gegenteil war das Alter das Geheimnis hinter den regelrecht herangereiften Delikatessen, wo anders herum dem Brot durch die Verwendung natürlichster Zutaten, zu nennen die eigens angesetzten und dem Sauerteig hinzugefügten Hefen, wie er auf Nachfrage erfuhr, eine Haltbarkeit im Zustand ofenfrischer Lockerheit mit einschrieb. Der Wein war von der Art süßlichen Wässerchens, wie sie die verirrten Helden Trojas bei einer jeden ihrer Opferungen verzehrten. Süß war er aber nur in der albernen Übertragung Homerscher Dichtung, denn brauchte die Würze des Käses einen ebenbürtigen Begleiter. Zusammen vermengten sie sich dann zu einer wohlbekömmlichen Speise, was dem vormals kräftigen Wein dann eben einen Hauch von Süße hinterließ.

Nachdem alle Mägen ausreichend gefüllt waren, bot Roberto an, den restlichen Tag bei dem, was noch anstand, sich nützlich zu machen. Der Bauer und er waren sich einig, darin nicht die Begleichung einer Rechnung, sondern die Ausübung eines Ehrenamtes anzuerkennen. Mit dem Knecht, der sich darüber freute, Roberto noch eine Weile an seiner Seite zu wissen, ging er einige, vielleicht hundert Höhenmeter hinunter, die Hütte außer Sichtweite lassend. Dem Flecken Erde, wohin er ihn gebracht hatte, schien von irgendwelcher Katastrophe Gewalt angetan. Tiefe Furchen durchzogen eigenartig parallel zueinander die Alm, wie wenn die Klaue eines Riesen eingegriffen und am Teppich vermittels messerscharfer Nägel an deren fünf Stellen den Erdboden zuoberst geführt hätte. Wie sich die Gräben tatsächlich bildeten, dazu wusste nicht einmal der Knecht Überzeugendes zu berichten. Nur dass es bei einem kürzlich über sie hinweg gezogenen Unwetter passiert sein musste, da er noch tags zuvor genau dort vorübergeschritten war, wo selbiges sich jetzt nach einer mittelschweren Übung schaute, der man lieber weitschweifig auswich.

Am Ende des Tages hatte Roberto nicht das Gefühl, merklich vorangekommen zu sein. Der Knecht hingegen lächelte. »Schau doch, Wanderer, was wir zu Weg' 'bracht ham!« Und sie schauten beide gemeinsam, an den Schultern gefasst, nach der geritzten Wiese, wie sie noch dort, wo sie unversehrt in der flacher gewordenen Sonne ihr Grün in ein Olivbraun umfärbte, ansonsten jedoch unverändert da lag. Aber vielleicht meinte der Knecht überhaupt nicht das selbst nach stundenlangem Kleinhauen loser Erdklumpen kaum sichtbare Resultat ihrer Arbeit. Dieses befand sich freilich inwendig, erkennbar am schnellen Puls, vor allem aber an einer Müdigkeit, die nach keinem Schlaf verlangte, sondern reinste Zufriedenheit verhieß.

Dann nahte die Zeit des Scheidens. Zwar wünschte sich der Knecht, ihn auch für das Abendbrot mitnehmen zu können. Gleichzeitig fühlte er darin eine Bedrohung für den geglückten Tag, so er ausgedünnt von unnötiger Länge. Er und Roberto blickten sich an, und sie wussten sich im selben Moment in der Einheit, gleich Brüdern. Ein fester Händedruck, endlich wieder einer wie eh und je zwischen Genossen, versiegelte das gemeinsam Erlebte für die Ewigkeit. Dann tauchte Roberto wieder hinein, von wo er gekommen war. Im Wald roch es jetzt nach Moos, Erde, und die Fichtennadeln spitzten gierig in die immer noch spätsommerlaue Dämmerung.

Zu Hause sollte er noch lange sinnen nach dem Glück, das er doch einzig dem, was nicht geglückt, verdankte. Und bei all dem Schwelgen, Staunen, Versuchen zu begreifen, verblassten jene Bilder, die ihm bis zur späten Stunde über die galoppierend ankommenden Dämonen hinwegsehen halfen. Vor dem zu Bette gehen, am selben Tag noch, schluckte er zwei weitere seiner Kapseln. Die letzten beiden, sodass er sich früher wie sonst, bei Tagesanbruch, außer Haus begeben und für Nachschub sorgen würde.

Epilog

Bei wem die letzten Andeutungen ein leises Unbehagen, gar die Sorge für einen über den Berg Geglaubten löste, der möge sich dessen versichern: er liege gänzlich verkehrt in seiner Annahme! Was noch hätte nicht an derlei Geschichten angeschlossen werden können. Zumal an beunruhigenden wie wundersamen Begebenheiten. Aber vergesse man dabei nicht hinzuzusetzen, welcher Wandel diesem Menschen denn glückte! Oder wer wollte es leugnen, dass er sich in eine ganz andere Welt hat eingelebt. Eine Gegend, in die nur wenigen vergönnt ist, einen Blick zu werfen, wohin aber vorzudringen es manches Mal doch so Not täte. Und man überlege sich einmal, warum ausgerechnet ER, der sich dort ein wenig auskennt, der, bei all den körperlichen Leiden, sie wie kein anderer aushält und sich zurecht findet bei dem, was nicht gemacht scheint für unser Sinnen; weil es uns sofort irre machte und wie ein Schwarzes Loch, einfach alles, Raum und Zeit mit inbegriffen, in sich aufsöge, sodass nicht einmal ein Lichtstrahl ihm entkäme. Nun, geschrieben steht es hier, in der aufregenden Geschichte eines Entflohenen. Doch Vorsicht! Wer sich ihr restlos ergibt, wird erneut die Ketten spüren, wo selbst ein Wilhelm Meister bei Zeiten sich was pfiff auf sein Gelübde. Und so soll es zur Beruhigung all jener kein Geheimnis bleiben, dass Roberto es schließlich, nach Jahren der einsamen Wanderschaft, in Betracht zog, die letzten Stunden des nun zu Ende gehenden Jahrtausends mit keinem Geringeren als seinem alten Freund zu teilen.

August 2013 bis Juli 2016